KB273589

# 나는 닦는다 야마토로 통하는 마루를

『국민문학』 수록 시 1(1941.11~1943.9)

**엮고옮긴이**

**가미무라 슌페이**(上村俊平, Kamimura Shumpei) 천리교교회본부 해외부

**가미야 미호**(神谷美穂, Kamiya Miho) 우송대학교 관광경영학과 교수

**김은정**(金銀貞, Kim, Eunjeong) 한국외국어대학교 HK 세미오시스 연구센터 HK교수

**김지형**(金知兄, Kim, Jihyoung) 한국외국어대학교 강사

**노지현**(魯智賢, Roh, Jihyun) 숭실대학교 국제교육원 강사

**박지영**(朴智暎, Park, Jiyoung) 한국외국어대학교 강사

**채호석**(蔡淏晳, Chae, Hoseok) 한국외국어대학교 사범대학 한국어교육과 교수

# 나는 닦는다 야마토로 통하는 마루를

『국민문학』 수록 시 1(1941.11~1943.9)

**초판 인쇄** 2015년 8월 5일 **초판 발행** 2015년 8월 15일

**엮고옮긴이** 가미무라 슌페이 · 가미야 미호 · 김은정 · 김지형 · 노지현 · 박지영 · 채호석

**펴낸이** 박성모 **펴낸곳** 소명출판 **출판등록** 제13-522호

**주소** 서울시 서초구 서초중앙로6길 15, 1층

**전화** 02-585-7840 **팩스** 02-585-7848 **전자우편** somyong@korea.com **홈페이지** www.somyong.co.kr

ISBN 979-11-86356-06-7 04810
　　　979-11-86356-05-0 (세트)

값 21,000원 ⓒ 가미무라 슌페이 · 가미야 미호 · 김은정 · 김지형 · 노지현 · 박지영 · 채호석, 2015

# 民國文學

『국민문학』 수록 시
(1941.11~1943.9)

**1**

## 나는 닦는다
## 야마토로 통하는 마루를

가미무라 슌페이
가미야 미호
김은정
김지형
노지현
박지영
채호석
편역

소명출판

『나는 닦는다 야마토로 통하는 마루를—『국민문학』 수록 시 1』을 발간하며

　최근 1940년대 식민지 조선의 문학에 대한 연구가 많이 나오고 있다. '암흑기'라는 이름으로만 지칭되었던, 그러나 거의 연구되지는 않았던 이 시기의 문학에 대한 연구는 여러 모로 고무적이다. 한국 역사의 어느 한 시기가 한국 역사에서 배제될 수 없듯이, 한국문학의 어떤 부분도 한국문학에서 배제될 수는 없기 때문이다. 그중에서도 잡지 『국민문학』에 대한 연구는 중요하다. 1940년대 남아 있었던 유일한 '문학' 잡지이기 때문이다.

　문학은 사상이나 이데올로기와는 달리 언제나 개체의 고유성에 닿아 있을 수밖에 없고, 또 '현실', 이념적으로 구성된 현실이 아니라 실재로서의 현실에 영향을 받을 수밖에 없다. 바로 그렇기 때문에 문학 작품에서 실재로서의 현실은 이념과는 다른 공간을 만들어내고, 그 다른 공간은 사상이나 이데올로기에 균열을 가져온다. 1940년대 문학은 언뜻 지배이데올로기로 점철된 문학으로 보이지만, 자세히 들여다보면 거기에는 지배이데올로기와는 어긋나는 지점들을 발견할 수 있다. 소설보다 훨씬 이데올로기적일 수 있는 시의 경우에도 그러하다.

　또한 1940년대 문학은 일본어로 쓰였기 때문에, 식민지 조선의 작가

와 재조선 일본인 작가의 작품이 공존할 수 있었다. 이 공존의 공간은 한국문학에서 매우 희귀한 공간이다. 그 이전까지는 조선어와 일본어로 나뉘어 있던 식민지 조선의 문단이 일시에 통합되었기 때문이다. 일본어로 쓰였기 때문에 시만 보아서는 발표의 주체를 알 수 없었다. 그 점에서는 표면적으로는 아무런 문제가 없었다. 모두가 '일본시'였기 때문이다. 그러나 실상 아무런 문제가 없었을까? '조선문학'의 성격을 둘러싼 좌담회에서 '조선문학'이 어떠한 문학이어야 하는지 논란이 되었음을 볼 때, 실상 조선인 작가가 일본어로 문학을 한다는 것은, 언어와 민족, 언어와 정신, 언어와 문화의 관계를 걸고 들어가는 것이기 때문이다. 일본인 작가의 경우도 마찬가지일 것이다. 식민지 조선에서 일본어로 발표한 문학은 '일본문학'일 수 있는 것일까? 우리는 1940년대에 일본어로 발표된 작품을 놓고 이런 질문을 던질 수 있는 것이다. 여기에는 여러 개의 답이 있을 것이다. 그러나 정작 필요한 것은 답이 아니라 답에 이르는 사유의 과정이고, 조선인이든 일본인이든, 1940년대라는 역사적 조건 아래에서 생각하고 느꼈던, 그리고 말로 표현하면서 또한 표현할 수 없었던, 그 내밀한 과정일 것이다.

우리는 이를 확인하기 위해 『국민문학』에 실린 문학 작품을 읽기 시작했다. 그리고 자연스럽게 우리가 읽은 작품들을 번역하기로 논의가 모아졌고, 그 첫 번째 결실이 바로 이 책이다. 사실 번역은 그리 쉽지 않았다. 식민지시대 한국문학을 연구한 한국인 연구자, 『국민문학』을 연구한 일본인 연구자가 참여하고 있었고, 또 일본문학과 비교문학을 전공한 연구자도 있었지만, 1940년대라는 특수한 맥락을 읽어내는 것은 매우 어려운 일이었다. 뿐만 아니라 『삼국유사』와 『만요슈』 같은 옛 문헌도 뒤지지 않으면 안 되었다. 그럼에도 불구하고 해석에 논란이 있는 지점이 많이 있었고, 한 작품의 한 구절을 두고 서너 시간을 논의한 적도 있었다. 최종적으로는 원문에 충실하되 가능한 한 맥락을 읽어낼 수 있는 번역을 택하였다. 그렇기 때문에 결과적으로 번역된 시가 매끄럽지 않게 된 부분이 있음도 사실이다. 그리고 내부에서 논란이 있었음은 사실이지만, 최종적인 모습은 합의를 거친 해석임을 말해 둔다.

처음에는 선집 형태로 발간을 할까 하는 생각도 있었다. 『국민문학』에 시를 쓴 시인들이 모두 전문적인 시인은 아니었으므로 시의 수준이 고르지 않았기 때문이다. 그러나 곧 생각을 달리 하여 시 전집의 형태를 취하기로 하였다. 시의 수준과는 상관없이 시 전체의 모습을 보여주는 것이 더 나으리라 생각하였기 때문이다. 그리고 연구자의 연구 편의를 위해 시 원문을 함께 실었다.

이 책의 발간이 1940년대 문학 연구에 조금이라도 도움이 되기를 바라며, 또한 1940년대 문학을 객관적이고 총체적으로 바라볼 수 있게끔 하는 초석이 되기를 바란다. 그러나 이제 겨우 중간 지점에 도달했을 뿐이다. 지금까지 걸어온 만큼을 또 걸어가지 않으면 안 된다. 많은 도움과 질책을 바랄 뿐이다. 그리고 이 자리를 빌려 원문 확인에 도움을 주신 여러 선생님들과 이 책을 흔쾌히 출간해 주신 박성모 사장님과 편집부에 감사드린다.

2015년
역자 일동

# 차례

일러두기

1. 이 책의 표기는 한글맞춤법과 외래어표기법에 따른다.

2. 일본어는 띄어쓰기를 하지 않지만, 원문에서 띄어쓰기가 된 경우는 특별한 의미가 있는 것으로 판단하고, 이를 나타내기 위해 2자 크기의 칸을 띄었다.

3. 인명과 지명, 일본 고유의 문화에 관련된 개념어는 일본어 발음대로 표기하였고 필요한 경우 주석을 달았다.

4. 일본어 발음으로 표기한 단어는 처음 나오는 곳에만 원문을 병기했다.

5. 일본어 원문은 현대 일본어표기법과 다른 부분도 그대로 수록하였으며 명백한 오자는 바로잡 았다.

6. 의미상 오식의 가능성이 있으나 확인이 불가능한 것은 그대로 두되 주석을 달았다.

7. 주석에서 책, 논문, 잡지명 등은 모두 번역하였으며 원문을 병기했다.
　　예) 잡지명 :『노동하는 여성働く婦人』

8. 일본어시에 사용된「 」,『 』은 다음으로 구분해서 옮겼다.
　　① 단행본, 시집, 소설집, 잡지 등 :『 』　　　　② 시, 논문 등 :「 」
　　③ 대화체 :" "　　　　　　　　　　　　　　　④ 강조 :' '

9. 시의 수록 순서는『국민문학』에 게재된 순서에 따르되 한글로 발표된 시는 부록에 따로 모았다.

10. 이 책의 각주는 모두 역주이다.

# 團民文學

1941.11

# 눈

사토 기요시[1]

옆구리를 에이는 추위에도

(쨍쨍 맑아)

모르는 척하는 표정의 경성 하늘,

15년 동안,

같은 그 얼굴을 지켜보아 왔으나,

드디어 낯빛에 변화가 생겼다.

거듭거듭,

반복해서 큰 눈 내리는 낮이여, 밤이여

고요하게 지새는 나무들에

내려 쌓이는 큰 눈 소리 없는 발소리여,

강아지와 노는 새하얀 까마귀,

눈송이를 갈색으로 물들이며 지저귀는 작은 새들,

기쁜 나머지 신작로를 달리며,

몇 번이나 발목이 빠지는 사람들이여,

---

1    사토 기요시(佐藤清, 1885~1960). 미야기宮城 현 센다이仙台 시 출생. 시인, 영문학자. 두 번의 영국 유학을 통해 키츠, 워즈워드 등 영국낭만파 시를 전공했다. 경성제대 개교와 더불어 영문과 교수로 부임하였으며 최재서와 사제관계를 맺었다. 1945년 2월 정년퇴직 후 귀국하여 전후에는 아오야마가쿠인青山学院 대학 교수로 재직했다. 조선에서 시집『벽령집碧靈集』(人文社, 1942.10)을 간행했다.

소년이었을 때처럼,

경성은 바야흐로

완전히 나의 고향이 되었다.

# 하늘

사토 기요시

처마 밑에 쌓인 벽돌 위,
씻겨진 신작로 위,
가득 펼쳐진 노을 진 하늘——
소녀들의 치맛자락을 물들이고,
걸인의 구릿빛 피부를 물들이고,
삐걱삐걱 소리를 내며 지나가는
새빨간 전차들을 물들이며
언제까지나 어스레한 저물녘——
푸른 하늘은 낮게 낮게 땅에 깔려서,
높은 곳으로 돌아가기를 잊고 있다.

카메라처럼, 뇌는
어둠에 둘러싸이며,
주름 하나하나
온통 푸른 빛으로 투명해지고,
그것을 통해
도시 전체의 축도縮圖 —— 오색 눈부신
신기루, 선명한



『국민문학』 수록 시 1(1941.11~1943.9)

환영으로 나타난다.


이윽고
뇌에서 어깨로,
어깨에서 팔로,
펜을 쥔 나의 오른쪽
엄지, 집게, 가운뎃손가락,
각각 손끝으로 흘러가는
넓은 하늘의 푸른 빛이여, 높은 곳을 잊고,
땅 구석구석에 가득 찬 푸른 빛이여.


이 찬란하게 빛나는 도시를 향하여
깊이 느껴지는 법열의 예감.
그것을 미세하고, 정밀하게,
조정하는 뇌의 힘에,
숨이 멎을 정도이다.
그러나 가슴은 설레지 않아,
맥은 고르고, 피는,
규칙적으로 흐르고 있다.
그대로, 나는 문득 정신을 차렸으나,
순간, 의식을 잃었던 것이리라.
환영은 이제 흔적조차 없다.

# 현재[2]

사토 기요시

싸구려 먹을 다 간 현재는

닳아빠진 붓을 조심조심 들고,

조선 종이에 어떤 형상을 그리기 시작했다.

──── 버드나무가 나부끼고,

배가 흐릿하게 보인다.

낚싯대가 흘러가려 하고,

대감 수염을 기른 노인이

대자大字로 누워

뱃전에 잠들어 있다.────

우들두들한

먹 자국에도 아랑곳하지 않고

다 그리자 현재는

담배를 피우기 시작했다,

자기도 졸린 듯이.


경성의 상점 앞에서 내가 본 그림이여,

---

2　　현재 심사정(玄齋 沈師正, 1707~1769). 조선시대 후기의 문인화가.

그 이후 사라져 버린 그림이여,

그리고, 그리고, 또 그리고,

아무런 구김도 없는 가난한 영혼──

누가 그에게 매혹되지 않으랴.

명성이여, 예술의 신부여,

너는 백 년 간,

만나야 할 배우자를 잊고 있다.

# 손에 손을

주요한[3]

손에 손을 이어 잡읍시다.

발로 박자 맞춰 춤을 춥시다

토토탐탐

탐탐토토탐


시베리아의 젊은이들이여

자바의 아가씨들이여

손에 손을 잡으면 새날이 밝아 온다

아시아에 아침이 온다

토토탐탐

탐탐토토탐


우랄에 깃발을 꽂고

---

3　주요한(朱耀翰, 1900~1979). 호는 송아頌兒. 일본 메이지가쿠인明治学院 중등부를 거쳐
　1919년 도쿄의 제1고등학교, 1925년 상하이 후지앙滬江 대학을 졸업했다. 대학 재학 중
　상하이의 독립신문 기자로 활동하기도 하였다. 귀국 후 동아일보사와 조선일보사 편집
　국장 및 논설위원을 지냈고, 1940년대에는 조선문인협회 등 수많은 친일 단체의 간부를
　역임했다. 시집 『아름다운 새벽』(조선문단사, 1924), 시조집 『봉사꽃』(세종서원, 1930)
　등이 있다.

바이칼에 수영장을 만듭시다
손에 손을 잡으면 새날이 밝는다
태평양의 아침 해가 떠오릅니다
토토탐탐
탐탐토토탐

박자를 맞춥시다 박자를 맞춥시다
인도의 코끼리 아저씨 앞발로
고비사막의 낙타 군 긴 목으로
바다표범 씨가 보낸 편지입니다 캥거루 씨 앞으로
토토탐탐
탐탐토토탐

말레이 반도 앞바다에 봉화가 오르면
캄차카에서 마라톤이 시작된다
손에 손을 이어잡고
발로 박자를 맞추듯이
삼단뛰기 기술을 닦읍시다.

아시아가 밝아오면
세계도 밝아진다
토토탐탐
탐탐토토탐

# 댕기

주요한

나라의 부름 받고 떠날 때에는
빨간 댕기를 드릴 거예요
몸에 지니고 싸우면
총알이 쏟아져도 맞지 않겠죠

북쪽에서 돌아오는 기러기는
갈대 아래 재우고
꿈속에 돌아오는 님은
원앙침에 쉬게 할게요

아무르강[4]의 얼음도 여름에는 녹겠죠
녹아도 소식없는 여름에는
검은 댕기에 하얀 간호복
나도 나라를 위해 힘을 다하겠어요

---

4   시베리아 남동부에서 발원하여 중국 둥베이東北, 滿洲의 국경 지역을 지나 오호츠크해로
    흘러드는 강. 유역이 러시아 중국 몽골에 걸치며, 중국에서는 헤이룽黑龍 강 또는 헤이허
    黑河 강이라고 부른다.

서강[5]에 지는 석양의 붉은 피는

용감하게 흘린 당신의 피

무언의 개선, 고향 마을 역 앞에서

흰 댕기로 만세를 외치겠어요

　주) 댕기는 여자가 머리를 묶는 리본을 가리킨다. 흰 댕기는 상장이다.[6]

---

5　시장Xijiang, 西江을 말한다. 중국 남부에서 가장 긴 강으로, 윈난雲南 성 고원 지대에서 남
　중국해까지 동쪽으로 흐른다. 길이는 1,957km이다.
6　조선시대 댕기는 젊은 사람은 빨강, 나이 든 사람은 자주, 과부는 검정, 상제는 흰색으로
　구분, 사용되었다.

# 동방의 신들

가네무라 류사이[7]

동방의 신들로부터 은혜의 옷을 받아 입고

그리운 선조들의 옛날을 되살리듯이

경외로운 비문의 끝머리에 자손된 영예를 잇고자 한다


하늘의 축복, 바다의 축복 아련하게 음악을 타고

신들의 빛깔 감도는 아침 구름을 나 또한

지구의 처녀바위를 향해 팔을 벌려 들이마시리라


산의 축복, 들의 축복 꽃들의 미풍에 흔들리며

학 높이 날고 사슴 춤추는 그림을 나 또한

아시아의 마을에 씨를 뿌리고 노래하리라


아아 고향의 혼 살찌는 땅의 맛이여

---

7 　가네무라 류사이(金村龍濟, 1909~1994). 김용제金龍濟의 창씨명이다. 호는 지촌知村. 충북 음성군 출생. 일본 주오中央 대학 중퇴 후, 일본어시「사랑하는 대륙아愛する大陸よ」를『나프ナップ』지에 발표(1931)하며 등단했다. 일본 프롤레타리아 시인회 간사, 사무국장을 거쳤으며, 치안유지법으로 복역(1933~1936) 후 강제 송환되어 귀국했다. 1930년대 후반부터 친일문학 활동에 나서 제2차 대동아문학대회에 유진오, 최재서 등과 함께 참가했고, 일본어로 쓴『아세아시집亜細亜詩集』(1942)으로 제1회 총독문학상을 수상하였다.

보리피리의 노래 오디의 달콤함을 잊어서는 안 될 것을

서방의 마법에 취한다는 건 얼마나 가련한가


신들의 아름다운 항아리에 요망한 거미줄을 치고

자기 양심의 창을 가리는 불행한 나그네여

슬픈 그림자를 구원하고자 하는 동방의 별들을 보라


영구한 생명의 뿌리 번창하여 날실의 꿈을 짜고

오랜 전통의 샘에 끊이지 않는 맑은 물과 같이

자기도 모르게 그리워지는 향수야말로 운명의 따뜻함이어라


태양의 불덩이 흩어져 천문의 보석을 펼칠 때

빛의 모음母音의 세례에 황색의 얼굴로 미소 짓는

지상 최초의 별들은 우리들의 선조였노라


먼 인류의 지문을 화석의 비밀에서 보고 생각한다

이 한 톨의 도토리도 백대百代의 나무들에게 한없이 이어지고

억만의 연륜이 석탄의 무늬를 이루는 날 또한 끝나지 않으리


아아, 지금 세상의 뭇 나라들에 전쟁의 폭풍이 불더라도

동방의 백성들 피가 통하는 사랑으로 서로 이어져

위대한 신들의 마음을 따르면 세상 사람들 근심 없으리

(『아시아시집』 제28편)

1941.11　23

# 용사를 생각한다

스기모토 나가오[8]

언제부터인가 내 집을 찾아오게 된 그

말수는 적었지만

창공의 빛을 띤 온화한 눈동자는

건강한 그의 정신을 보여주었다

높은 가지 끝에 봄을 가져다 주는

몰래 다가오는 바람처럼

그의 방문은 사람들의 마음을 덥혀 주었다

그의 가슴에는 기억에도 생생한 전장의

용맹한 무훈의 증표가

찬란히 빛나고 있었으나

때때로 이야기를 나누는 모습에는

조금도 자랑하는 기색도 없었다

가라앉는 대지와 같이

그의 도량은 항상 울음을 다스리고 있었다

---

8　스기모토 나가오(杉本長夫, 1909~1973). 히로시마広島 현 출생. 경성제대 4회 졸업생으로 영문학을 전공했다. 사토 기요시 밑에서 최재서와 함께 수학한 것으로 알려진다. 조선문인보국회 시부 회장을 역임하는 등 조선문단에서 활약했다. 시집『돌에게石に寄せて』(1955)가 있다.

가을 바람 일기 시작한 어느 날

조금은 얼굴이 상기되어

그는 재출정을 고했다

사람들은 축복과 격려의 말을 전했다

그 이후    덧없이 소식은 끊겼다

그러나 나는 아득히 생각한다

석양을 등지고 안개에 젖어

울금鬱金빛 망루에 선 냉철한 그의 모습을

한낮    연못가에서

중국 아이들과 어울려 장난치는 그의 미소를

피어오르는 환성歡聲 가운데

초연을 뚫고 빛나는 그의 치열한 눈초리를

# 자화상

임학수[9]

너의 미소는,

까마득한 절벽 위

수반水盤으로

소리없이 떨어지는

수많은 꽃송이.


너의 머리카락은,

저 멀리 높은 산

한낮의 푸른 정적이

쌓이고 쌓여 흘러내리는 그림자.


폭풍과

대양과

---

9  임학수(林學洙, 1911~?). 시인·소설가. 호는 악이岳伊. 전라남도 순천 출생. 1936년 경성제국대학 법문학부 영문과를 졸업한 후 성신여자고등보통학교와 배화여자고등보통학교 교원을 지냈으며, 1931년 『동아일보』에 「우울憂鬱」과 「여름의 일순一瞬」을 발표하면서 등단하였다. 1939년 김동인, 박영희와 같이 황군皇軍 위문사로 북지전선北支戰線을 방문한 후 그 경험을 바탕으로 시집 『전선시집戰線詩集』을 간행하였다. 한국전쟁 때 월북하여 김일성 대학 교수로 재직하다 1966년 종파분자로 몰려 숙청당했다.

흐린 날씨
이제는 귓가에 없고,

눈은 매와 같이
넓고 넓은 하늘을 날다가는
다시 원을 그리며
창황히 돌아와,
잿빛 안개에 싸여 ——

아아, 정열의 종언,
하늘의 끝 높이
우뚝 솟아 쉬는 이 고독!

너의 이마에
아침에도 저녁에도
안개 혼자 와서 걸리고
또 흐른다.


1941.11  27

國民文學

1942.1

# 신년의 노래[10]

오우치 노리오[11]

숨이 막히는

이 나라의 안팎에

새해가 밝아

내 축복하는 아침

산하 맑고 밝아라


바르고 곧은

이 민족의 마음을

이어가고자

중대한 이 시기를

나는 생각하노라


빙 둘러쳐진

---

10  이 작품은 일본의 정형시 단카短歌 7수로 이루어진 연작이다. 단카는 5·7·5·7·7의
    음수율을 지닌 일본의 전통시로서 행 구분 없이 한 줄로 쓰지만 번역은 음수율에 따라 5
    행으로 옮겼다.

11  오우치 노리오(大內規夫, 1909~1985). 식민지 조선 가단에서 활동한 가인. 경성의 '조선
    가화회朝鮮歌話會'에서 발행한 『1934년판 조선가집昭和九年版 朝鮮歌集』(1934.1)의 편집인
    으로 참여했다. 전후 가집 『이케부쿠로池袋』(伊麻書房, 1978)와 『해도海図』(伊麻書房, 1979)
    를 간행했다.

산봉우리 봉우리
구름 일어나
상서롭게 여기지만
신민들은 조용하네

가까운 이들
수없이 떠나간 길
나도 나아갈
그날을 기다린다
마음 황공하게도

문가의 개울
맑고 잔잔히 흘러
새하얀 구름
비추어 주는구나
맑게 개인 겨울날

실낱과 같은
희망이라고 해도
맑고 상큼한
벚꽃절임 올해는
만들어 보고 싶네

추억 속에서
떠오르는 이름들
수도 없지만
기억해 낼 수 없는
얼굴 있네 김소영[12]

---

# 때때로[13]

시이키 미요코[14]

가족 모두가

무탈한 신년 축하

감사하여라

눈에 비친 광경들

삼가 맞이하네

　　　　(새해 기념)

　　*

나누는 말들

시국에 미칠 때면

나의 목소리

눈물 넘쳐 흐르며

점점 높아져 가네

　　*

맑고 푸르른

---

13　단카 5수 연작.

14　시이키 미요코(椎木美代子, 생몰년 미상). 단카결사 '진인真人' 소속으로 활동한 가인. 가집 『꿈은 아름다워라夢は佳し』(真人社, 1940)를 간행했다. '진인'은 1921년 조선에 오게 된 호소이 교타이細井魚袋가 주재하여 경성에서 창립한 결사로, 1923년 7월 단카 전문 잡지 『진인』을 창간했다.

저녁 하늘에 떠오르는

어제의 얼굴

단지 나의 눈에는

덧없어 아름답네

*

상품창고에서

오포午砲소리를 듣는

오늘 하루는

마음 맑아지누나

묵념을 끝낸 후에

*

결연한 눈빛

병사의 말 한마디

사무치게도

헤어져 오는 길에

내 마음 복받치네

(면회)

# 옥순 씨

다케우치 데루요[15]

옥순 아주머니는

여기 무사시노의 한구석에

경지 정리      공사일로 왔다.


옥순 아주머니는

하얀 치마를 살랑이며

어린애를 처지게 업고

싱글벙글 양지를      걷는다

농가의 안주인과 농담을 주고받고

장난을 치며, 웃는다


저녁 옥순 씨 일가는

어스레한 첫 별 아래

모두 모여 불을 피운다, 배춧국을 끓인다.

---

15  다케우치 데루요(竹内てるよ, 1904~2001). 삿포로札幌 출생. 아나키즘 시인. 1928년 『시신
詩神』과 『동라銅鑼』에 작품을 게재하면서 등단했다. 동거했던 가미야 노부루神谷暢와 출
판사 게이분샤啓文社를 창설하여 시집을 간행한 한편 아나키즘 사상의 계몽을 위한 책자,
팜플릿, 신문 등을 발행했다. 자전적 저서 『바다의 오르골海のオルゴール』이 2003년 TV드
라마로 제작되어 화제를 일으킨 바 있다.

우리가 옥순 씨와

들길에서    선 채 이야기를 나누거나

회람판을 읽어 줄 때

뭔가 조금이라도    다르다고

여기는 사람이 있다면

그 사람은, 큰 착각을 하는 것이다.


옥순 씨는 어머니이고

우리들도    모두 어머니이고

일본의 어머니들에게는    아무런 차이도 없다.


옥순 씨는    불을 쬐며 웃는다.

그리고 우리들도 손을 녹이며 웃는다.

봄의    향긋한 초승달의 해질녘.

# 정원사

김종한[16]

늙은 돌배나무에, 늙은 정원사는

어린 사과가지를 접목했다.

잘 벼린 칼을 놓고

으스스한, 남빛 하늘로 담배연기를 흘려보냈다.

"그런 게, 될까요?"

가만히, 정원사의 아내는 고개를 갸웃했다.


머지않아, 철쭉이 웃음을 팔았다.

머지않아, 버드나무가 음탕했다.

늙은 돌배나무에도, 변명처럼

두 송이 반의 사과꽃이 피었다.

"그런 것도, 되는군요."

정원사의 아내도 비로소 웃었다.

---

16 김종한(金鍾漢, 1914~1944). 호는 을파소乙巴素. 함북 경성군 명천 출생. 시인, 평론가, 번역가. 소곡 「임자 없는 나룻배」를 『별건곤』(1934.3)에 처음 발표하고, 『문장』에 정지용의 추천을 받았다. 니혼日本 대학 예술과를 졸업한 후 『부인화보婦人画報』 기자로 근무했으며 귀국 후 1942년 2월부터 『국민문학』 편집을 담당했다. 일본어 시집 『어머니의 노래垂乳根之歌』(인문사, 1943), 역시집 『설백집雪白集』(박문서관, 1943)이 있다.

그리고, 버드나무는 실연했다.

그리고, 철쭉은 늙어 버렸다.

'내가 죽은 후에는'

늙은 정원사는 생각했다.

'이 가지에도 사과가 열리겠지.

그리고, 내가 잊혀질 쯤에는……'


그렇게, 정원사는 죽었다.

그렇게, 정원사는 잊혀졌다.

늙은 돌배나무에는, 추억처럼

사과의 뺨이, 가지가 휘도록 빛났다.

"그런 것도, 되는군요."

정원사의 아내도, 지금은 죽고 없다.


　　　한카[17]

어머님 말씀 거스르지 못하면

그대도 나도 바라는 일 헛되이 끝나지 않겠는가　　　『만요슈』

---

17　한카反歌는 조카長歌의 말미에 덧붙여 내용을 요약하거나 보충하는 시형을 말한다. 1수 또는 여러 수의 단카로 이루어지며 『만요슈万葉集』에서 많은 예를 볼 수 있다. 조카는 5 음과 7음을 교대로 3회 이상 반복한 후 마지막을 5·7·7로 마무리하는 와카의 한 형식 이다. 이 한카는 『만요슈』 권11에 실린 작자 미상의 2517번 와카이다.

# 옛이야기

김기수[18]

자꾸만, 자꾸만, 쌓여가는 눈이여,

언제까지나, 언제까지나, 쌓여가는 눈이여,


창살이, 흔들흔들 흔들리고

매화가 피었다,

흰 무명처럼 홀로 ——


환하고 환한 눈이여,

말수는 적지만 마음 속으로는 조용히 속삭이고

지르콘, 프러시안 블루, 인디고 블루 빛으로 어지러이

사랑스런 맨발의 장난,


지금도 여전히 삐걱대며 가는 나의 유모차

—— 살구 같은 어머니가 미소 짓고

희미한 작은 길이 저물어, 고요히 돌아간다.

---

18 김기수(金圻洙, 생몰년 미상). 호세이法政 대학 영문과에서 수학했으며 시집 『동녀상童女
  像』(詩洋社, 1940)이 남아 있다.

하얀 눈, 하얀 눈,

언제까지나 돌아가려 하지 않는 갈가마귀떼, 하나씩 둘씩 셋씩 울며 날고,

어린 시절 연날리기 좋았던 날처럼,

즐거웠던 나물 캐기처럼,

멀고 먼 고향이여.


자꾸만, 쌓여 가는 가랑눈,

언제까지나, 쌓여 가는 가랑눈,

고양이 등에도 내리고

먼 기적에도 내리고

솜털 보송한 나뭇가지 끝에도 내리고 ……


밝고 밝은 판화처럼 물들이고,

파묻힌 네모난 창문 속 숨은 즐거움이여,

등불은 간간이 흔들리고

할머니의 옛이야기가 꽃핀다.

# 연봉운 連峯雲[19]

다나카 하쓰오[20]

아득히 먼 저 산봉우리들에

가만가만 날리는 가랑눈의 움직임

오늘도 선명히 보고 있지 않는가


한매寒梅 앞창에 향기롭고

죽영竹影 후원에 흔들리며

사람 소리 없고 티끌도 없던 책상 언저리에도

포탄 소리 나날이 격렬하고

진군의 나팔소리 끝없이 울려퍼지니

국사를 생각하는 나의 근심 깊고

분노가 눈물과 함께 일어나

---

19 산봉우리들에 덮인 구름이라는 의미의 조어로, 1942년도 우타카이하지메歌会始의 어제御題였다. 당시 쇼와昭和 천황의 작품 「산봉우리를 / 뒤덮은 구름떼들 / 부는 바람이 / 하루 빨리 쓸어가 / 버리기를 바라네峰つづきおほふむら雲ふく風のはやくはらへとただいのるなり」가 신문에 실렸을 때 국민들은 일본을 위협하며 둘러싸고 있는 구름을 바람(국민)이 빨리 쓸어버리기를 바란다는 뜻으로 받아들였다. 우타카이하지메는 천황이 주재하는 정초의 와카모임으로, 미리 어제가 발표되고 응모작품 가운데 수작을 뽑아 천황을 알현할 수 있는 기회를 주는 등, 천황과 국민을 연결하는 기제로 작동했다.

20 다나카 하쓰오(田中初夫, 생몰년 미상). 1930년 경성상업학교 교사, 1932년 용산공립중학교 교사, 1937년에는 조선총독부 직속기관인 도서관의 촉탁嘱託으로 근무했다. 『조선 및 만주朝鮮及滿洲』에 「민요잡론民謠雜論」(1930.5)을 발표한 것으로 보아 조선민요를 연구한 것으로 보인다. 시집으로 『옹중초翁仲抄』(1935)가 있다.

계절의 흐름도 어느덧 잊어버렸노라


가로누운 구름 봉우리를 가리고

먹구름이 봉우리에 내려와

찰나에 만들어지고 또 흩어지며 하늘을 오가는 구름의 모양

이제는 폭풍도 다투어 일려 하는가


봉우리에 분주한 구름

어찌 나의 길 덮을 수 있으랴

책상 위에 쌓인 먼지를 털고 협판夾板[21]을 치우고

책에 드리운 구름의 그림자를 궁구하리라

구름의 흐름 현저하다 해도

어찌 등한히 서책을 묵히고 사색을 멈추랴

---

21　박자를 칠 때에 쓰는 중국 근대 타악기. 여섯 장이나 아홉 장의 널조각을 겹쳐 손가락 사
　　이에 끼고 손을 흔들어 소리를 낸다.

# 바다에 노래하다

조우식[22]

비애의 시간

나 혼자 해변에 나오면

당신에게는 풍요로운 노래가 있다.

침묵 같은 위요지圍繞地[23]의 언어가.


깨끗한 눈이 거대한 호흡을 하며 살아가는 바다여

내가 가면 당신은 신화를 속삭이고

버려진 유년기를 말하지 않는다.


나를 좋아한다는 소라껍질

당신의 귀를 나는 소중히 주워 들어

당신의 노래를 들어보려 하지만

---

22 조우식(趙宇植, 생몰년 미상). 창씨명은 시라카와 에이지白川榮二. 1937년 5월 제16회 조선미술전람회 서양화 부문에 〈남男〉으로 입선, 초현실주의, 추상미술을 비롯한 당대 신흥 미술을 조선에 소개하는 데 앞장섰던 서양화가이다. 니혼日本미술학교 재학 중,『매일신보』에 산문「쉬르레알리슴 회화소론」을 발표(1938.9.11)하면서 문단에 등단했다. 도쿄의 모더니즘 시 모임인 신료도新領土 동인으로 활동했다. 광복 이후 1950년 3월까지 서울신문사, 경향신문사에서 근무했고 이후의 행적에 대해서는 거의 알려져 있지 않다.
23 다른 한 나라에 완전히 둘러싸인 땅. 이 시에서는 바다에 완전히 둘러싸인 땅, 곧 섬을 말한다.

역시 신의 이야기 외에는 들리지 않는다.

외칠 수도 없는 당신의 노래여.


나는 달아나서 해초와 같이 놀고

당신의 귀에 휘파람을 불고

나의 노랫소리는 구름을 따라 쫓는다.

모래먼지 일으키며 나는 달린다.

그리고 나는 휘청거린다.

역시 당신은 자비로웠다.


달아나서는 안 된다.

당신의 노래를 배우기 위해

나는 청춘과 함께

달아나서는 안 된다.

# 나는 닦는다 야마토로 통하는 마루를

데라모토 기이치[24]

이 마루를 닦고 닦으며 오로지 생각한다

이 마루는 야마토로 통하니

나, 무릎을 꿇고 이 마루를 닦는다

나, 재주가 없으니 오로지 닦는 것은 이 마루

이 반도의 마루는 거울처럼 되라고

마루를 닦으며 나의 마음 자못 우울하고

나의 마음 왠지 자꾸만 시끄러워진다

나의 가슴 왜일까, 흥분이 그치지 않는다


이 나날들, 어쩌다 미치게 되었는가 양키 도당들

존 불[25]의 악병惡病에 사로잡혀

우리 니기미타마[26]를 업신여겨 남방권을 교란한다.

---

24  데라모토 기이치(寺本喜一, 1906~?). 함경남도 원산 출생. 경성제국대학교 법문학부 영문학과 졸업. 조선문인보국회 시부 회장, 국민총력조선연맹 문화과장을 역임했고 경성제일고등여학교 교사로 근무했다.

25  John Bull. 영국 사람의 별명. 스코틀랜드의 의사이자 풍자 작가인 아버스닛J. Arbuthnot이 영국·프랑스 사이의 전쟁 중지를 제창하여 쓴 정치적 풍자 『존 불의 역사』(1712)에 등장하는 전형적인 영국인 이름에서 나온 말이다.

26  신도에서는 신령의 힘을 니기미타마和魂와 아라미타마荒魂 두 가지 측면으로 설명한다. 니기미타마는 비와 햇살의 은혜 등 신의 가호로 일컬어지는 평화적인 측면이고, 천재지변과 역병을 일으키고 인간의 마음을 황폐하게 하여 싸움을 붙이는 이른바 신의 저주는

남방권은 우리 신들이 계신 하늘의 부교浮橋

해원으로 가자 푸른 해원으로 가자

우리들이 구로시오[27]를 타는 것은 고향으로 돌아가는 것

지금이야말로 바다를 메운 시체와 함께[28] 조수를 건너가자

진구神功 황후[29]의 군선을 받들어

신라로 향했던 물고기 떼처럼 나아가자

남쪽 바다는 불을 뿜는다

우리 아라미타마[30]를 모르고 무엇을 얕보았는가 양키 도당들


지금 생각한다 660년 전[31]의 그 옛날

노궁弩弓을 쏘고 동라銅鑼를 울리며 습격해온 몽고 세력

지금은 천하의 중대사라며 제국諸國이 함께 일어나고

이 일본땅을 오랑캐놈들에게 어찌 빼앗기랴

---

아라미타마의 측면이다. 이 극단적인 양면성은 신도 신앙의 근원으로서 신의 니기미타
마를 지속시키기 위해 제례를 올린다.

27  일본열도를 따라 흐르는 난류로 일본 해류라고도 한다. 필리핀 군도의 동쪽 연안에서 대
만의 동측, 남서 제도의 서측, 일본열도의 남쪽 연안을 흘러 태평양 중앙부로 향한다.

28  『만요슈』에 수록된 오토모노 야카모치大伴家持의 조카長歌 「바다에 가면海ゆかば」(권18,
4094)의 어구를 차용한 것이다. 해당 부분은 '바다에 가면 / 물 속 가득한 시체 / 산으로
가면 / 풀숲 무성한 시체 / 천황폐하의 / 발 아래서 죽으리 / 뒤돌아보지 않으리海行かば水
漬く屍山行かば草生す屍大君の辺にこそ死なめかへり見はせじ'이며, 1937년 11월 창가로 만들어
져 국민정신교육을 위해 보급되었다.

29  쥬아이仲哀 천황비. 일본 최고最古의 역사서 『고지키古事記』와 『니혼쇼키日本書紀』에 천황
이 규슈九州 남부의 호족 토벌 중에 사망하자 신탁을 받아 임신한 몸으로 삼한 정벌에 나
섰다고 전해진다. 신라로 출병 시 니기미타마의 수호를 받고 아라미타마가 군선의 선봉
에 섰으며, 신이 바람과 파도를 일으키고 바닷속의 모든 물고기가 떠올라 배를 이끌었다
고 한다. 신이 일으킨 파도가 신라땅을 덮치자 신라왕은 싸우지도 않고 항복했고, 이에
고구려와 백제도 조공을 바치기로 맹세했다고 기록되어 있다.

30  주 28 참조.

31  여몽연합군이 일본 정벌을 시도한 1274년과 1281년을 말한다.

이를 악물고 이를 갈며 분연히 나선

가메야마龜山 천황[32] 이세伊勢[33]에서 기원하시니 신비로워라 가미카제
神風[34]

이제 우리들이 도조 히데키東條英機[35]를 사가미 다로相模太郎[36]로 굳건
히 세워

서양놈 반드시 때려잡고 이 신국의 흙이 되자


나, 재주가 모자라니 오로지 닦는 것은 이 마루

나, 몸을 굽혀 닦는 것은 야마토로 통하는 마루

나의 마음 자꾸만 초조해지고

나의 마음 자꾸만 분노로 가득 차도

동란動亂 속에서 깊이 허리를 굽혀 마루를 닦자

---

32  가마쿠라鎌倉 시대의 제90대 천황. 1260년 즉위하여 1274년 황태자에게 양위하고 상황上
　　皇으로 집정했다.

33  이세 신궁. 일본 각지에 걸쳐 있는 씨족신을 대표하는 총본산으로, 『니혼쇼키』에 따르면
　　기원전 2년에 천황 가문의 선조인 아마테라스 오미카미天照大御神의 명을 받아 내궁이 세
　　워졌다고 한다.

34  1274년 원의 1차 침입 시 여몽연합군이 기타큐슈北九州 하카타博多 만에 상륙하여 일본
　　측은 일시 고전하였으나 때마침 일어난 폭풍우로 원정군은 많은 병선을 잃고 퇴각한다.
　　1281년 2차 침입 때도 본토 상륙을 눈앞에 둔 상황에서 대폭풍을 만나 괴멸적인 타격을
　　입고 퇴각하고 말았다. 막부는 거듭된 몽골의 침입으로부터 일본을 구해낸 이 태풍을 '가
　　미카제神風'라 불렀으며, 이후 일본은 신의 보호를 받는 신국神國이라는 불패 신앙이 탄생
　　하였다. 태평양전쟁 시의 가미카제 특공대라는 이름도 여기서 유래한 것이다.

35  1940년 제2차 고노에近衛 내각의 육군대신이다. 중국 침략 확대를 주장했으며, 1941년 제
　　3차 고노에 내각을 개전론으로 무너뜨린 후 12월 8일 하와이의 진주만을 기습 공격함으
　　로써 태평양전쟁을 일으켰다. 조선에는 징병제와 학도병 지원제를 실시했다. 패전 후 자
　　살을 기도하였으나 미수에 그치고, A급 전쟁범죄자로 극동국제군사재판에 회부되어
　　1948년 교수형에 처해졌다.

36  호조 도키무네(北條時宗, 1251～1284)의 별칭. 가마쿠라鎌倉 시대의 무장이자 정치가. 원
　　의 침입 당시 최고 권력자의 위치에 있었으므로 국난에서 나라를 구한 영웅으로 일컬어
　　진다.

견디며 가자 견디며 가자

궁핍함에 눈을 치뜨고 난폭한 말 하는 법 없이

애타는 마음 지금이라도 찢겨질 것 같은 동란 속에 있더라도

조용하게 이 야마토로 통하는 마루를 위해 기도하자



「국민문학」 수록 시 1(1941.11~1943.9)

# 學文民團

1942.2

# 사항獅港[37]

사토 기요시

조호르 해협[38]을 달리는

철선 무리에 신호는 켜지고,

사항은, 지금, 최후의 고뇌를 시작했다.


벽옥碧玉이 흐르는 인도양 너머,

아라비아의 끝에서 그것을 듣고 있는 아덴,[39]

홍해의 뜨거운 모래폭풍 속에서,

홍분 속에 듣고 있는 알렉산드리아,[40]

떨고 있는 아프리카의 하늘을 응시한 채로,

심장의 고동을 가라앉히며 듣고 있는 몰타,[41]

몇 번이나 겁에 질리고, 위협 당하면서,

여전히 두 개의 대륙을 지켜보며

홍분을 애써 가라앉히며 듣는 지브랄타,[42]

---

37  싱가포르를 말한다.
38  말레이 반도 남단의 조호르바르와 싱가포르 섬의 사이에 있는 좁은 해협이다.
39  예멘의 홍해 입구에 있는 항만 도시. 예멘의 경제 중심지로, 통일 전에는 남예멘의 수도
    였다.
40  이집트의 도시명이다.
41  지중해 가운데에 있는 섬나라이다.
42  에스파냐와 모로코 사이에 있는 해협을 가리킨다.

비스케이[43]의 파도,

채널[44]의 안개,

폐허와 같은

템즈 강변에,

웨스트민스터의 종은 슬피 울고,

깨어진 빅벤의 바늘은 움직이지 않고,

오래 전에 난 길가의 풀도 늘어져,

방공防空의 발에 유린되는,

뱅크, 홀본, 옥스퍼드 스트리트,[45]

세계 곳곳으로 속보를 전하는

긴장으로 닳아버린 신경망 속에서

지금, 가슴을 옥죄어 오는 고뇌를

숨죽여 감추려는 브리튼,[46]

찰나보다도 빨리 날아오는 소식을

흥분에 싸여 들으려 하지 않는 뉴욕,

경련하는 토론토, 벤쿠버, 샌프란시스코,

상처를 입고, 또 다시, 귀를 의심하는 호놀룰루,

실신을 바로 세 걸음 앞에 두고 미칠 것 같은 바타비아,[47]

---

43  프랑스 브루타뉴 반도와 이베리아 반도 사이에 끼인 대서양의 만을 가리킨다.
44  프랑스와 영국사이 해협, 또는 그곳에 있는 5개의 섬. 프랑스에서는 노르망디 제도라 부른다.
45  영국 중심부를 관통하는 거리명이다.
46  잉글랜드 · 웨일스 · 스코틀랜드의 총칭이다.
47  자카르타의 옛 이름이다.

낭패감에 비명을 지르는 오스트레일리아,

멀리, 마다가스카르[48] 너머,

되돌아 흐르는 아굴라스[49]해류의 끝에서

어렴풋이 전율하고 있는 아름다운 케이프타운——


이렇게 말라카[50]의 거무스름한 물살은

세례의 역할을 마치고,

놋쇠 나팔을 한껏 불어제치듯

최후의 고뇌를 씻어버렸다.


★


보라, 눈동자에 선명히 남는 배경,

지금, 크게 회전하는 세계의 무대 위에

선 채로 꼼짝 못하는 비운의 쌍생아——

처칠과 루즈벨트를,

하나는 납처럼 무거운 회환을 삼키며,

또 하나는 참담하고 부끄러운 땀에 젖어,

말없이

---

48  아프리카 동남, 인도양 서부의 섬을 말한다.

49  남아프리카의 동쪽 해안과 마다가스카르 사이를 약 200km에 걸쳐 남서쪽으로 흐르는
    인도양의 해류. 일부는 아프리카대륙의 남단을 돌아 인도양으로 회귀하는 특성을 가진다.

50  말레이 반도와 수마트라 섬 사이의 해협. 싱가폴 해협과 함께 인도양을 연결하는 해상교
    통의 요충지였다.

대서양 연안에 서 있다,

오른손과 왼손을 단단히 엮었던 고리는

큰 뱀처럼 두 동강 난 채.[51]

---

51  이 시는 게재된 1942년 2월호의 현존본에 이후의 페이지가 누락되어 있어 확인된 부분만
번역한 것이다.

# 선전宣戰의 날에

가네무라 류사이

우러러 보면 신들의 구슬 영롱하게

이미 이천육백의 별이 되어 떠났노라

생명의 황금실에 엮여서

하늘 저 끝[52]에 숭고하게 빛나노라

천황 폐하께서 보우하시는 나라인 것을!


이제 일억이 하나로 모은 손으로

또 영원의 구슬 하나 바쳐졌노라

뜨거운 피의 도가니에서 단련된

정의의 칼은 가슴 시리도록 빛나노라

영묘한 구슬을 가릴 구름 있으니!


아아 이천육백일년[53] 십이월 팔일!

역사의 어머니는 위대한 시련의 불을 낳았도다

황공하게도 어명을 받들어 모시는 감격의 영광

---

52  하늘의 끝天極은 북극성을 의미하기도 한다.
53  1940년은 일본 초대 천황 즉위 후 2600년에 해당하는 해로서 대대적인 기념 제례가 있었
    다. 그 다음 해인 1941년 12월 8일은 태평양전쟁이 시작된 날이다.

우리들 능히 조국과 평화의 적을 무찔러야 할 터

폐하의 방패가 되어 뒤돌아보지 않으리![54]


눈을 감으면 지평선 저편 수평선 아득히 먼 곳

싸우는 신들의 모습 감사의 눈물과 함께 떠오르누나

눈을 뜨면 총후의 마을과 들판에 노래 불타올라

내일의 전열戰列로 나아가는 발걸음은 강철처럼 흐르노라

아아, 온 나라가 나선 선전의 이 날 신의 가호가 있기를!


중국의 피를 빨고 인도의 뼈를 부순 자여

하와이의 진주를 뺏고 필리핀의 딸들을 범하는 자여

이제 또 우리 신국을 업신여겨 넘보는 어리석은 꿈을 꾸는가

너희들 영미 제국주의의 죄를 묻는 심판의 새벽에

은은한 태평양의 포성은 최후의 말을 고했노라!


아아, 성전의 하타카제旗風[55] 불꽃을 튀기며 나아가는 곳

아시아 십억의 잠든 사자 또한 깨어나려 하노라!

하늘을 찢고 바다를 삼키려는 이 노래는

---

54  폐하의 방패는 변방에서 왜적을 막는 병사가 스스로를 이르는 말로서 『만요슈』 권20의 4373번 와카 「오늘부터는 / 돌아보지 않으리 / 높으신 천황 / 폐하의 방패되어 / 앞서 나가는 나는今日よりは顧みなくて大君のしこの御楯と出で立つ吾は」에서 유래했다. 이 와카는 전시기 국민 정신 교육을 위해 제정된 『애국백인일수愛國百人一首』에 포함되어 널리 알려졌다.
55  일본 해군의 구축함. 태평양전쟁에서 네덜란드령 동인도 공략전과 필리핀 공략전 등에 참가했다. 1945년 1월 15일 대만 앞바다에서 미군의 공격으로 침몰했다.

태평양의 파도 이윽고 아름다운 동양의 거울처럼 맑아질 때까지

인류를 구할 신들의 아들은 죽어서도 끝내 멈추지 않으리!

# 영국 동양함대 격멸의 노래[56]

모모세 지히로[57]

앞으로 뒤로

비행 편대 이어져

마음 속 깊이

오늘도 폭격 소리

익숙하게 느끼네

*

구름 헤치고

남방의 바람 뚫고

출정하는 곳

초개처럼 여기는

수없이 많은 목숨[58]

---

56　단카 6수 연작.

57　모모세 지히로(百瀨千尋, 생몰년 미상). 식민지 조선 가단에서 활동한 가인. 조선문인보
국회 단카부 회장을 지냈으며 고이즈미 도조小泉苳三를 도와 경성에서 단카결사 '버드나
무ボトナム'를 창립했다. 가집『종로풍경鐘路風景』(ボトナム社, 1933)과『화전火田』(1936)을
간행했다. 이 결사는 부산과 대구에도 지사를 두었으며 현재까지 일본에서 활발한 활동
을 이어가고 있다.

58　원문에는 목숨이 홍모鴻毛처럼 가볍다고 되어 있다. 사마천의『보임소경서報任少卿書』의
'泰山鴻毛'에서 유래한 것으로, 일본에서는 국가나 군주를 위해 목숨을 버리는 일이 아깝
지 않다는 의미로 받아들여져 왔다.

작열하는

고사포탄 소리는

귀를 찢는 듯

쿠안탄[59] 앞바다의

뜨거운 하늘 위에

*

갑판 위에서

한치의 오차 없이

터지는 포탄

하나하나 끝까지

확인하며 날아가네

*

기함 웨일스[60]

삼키고 잠잠해진

바다 위에서

진정 사나이들의

가슴 후련한 느낌

---

**59** 쿠안탄Kuantan은 말레이시아 파항Pahang 주의 도시로, 말레이 반도 동쪽의 요충지였다. 태평양전쟁 초두, 쿠안탄 앞바다에서 일어난 말레이 해전에서 일본군에 의해 영국 동양 함대가 격침되었다.

**60** 1941년 12월 10일 말레이 해전에서 일본군의 말레이 반도 상륙을 저지하기 위해 활동하던 영국 동양함대의 신예 전함Prince of Wales을 말한다. 순양함 레펄즈와 함께 일본 해군의 항공 부대에 의해 격침당했다. 이 해전에서 일본은 남서태평양의 제해권을 장악했다.

인도차이나
태국과의 동맹이[61]
이루어지니
폐하의 능위 아래
눈부신 대동아전

---

[61] 유럽전선에서 프랑스의 항복을 받아낸 독일의 묵인하에 베트남에 진출한 일본군은 인도
차이나의 일부를 할양해주는 조건으로 태국 영토 진주 및 통행권, 군사기지 이용의 권리
까지 획득했다. 이러한 협상을 동맹이라고 표현한 듯하다.

# 매실

스기모토 나가오

매실은 가지가 낭창하게 열렸다

요 며칠 비 개인 하늘

매실은 둥글게 물들려한다

오늘도 노파는 하루 내

활 같은 등을 하고도 쉬임 없이

긴 장대를 휘두르며

가지를 두드렸다

장대의 움직임 느릿해도

타오르는 진정은 손목에 깃들어

탁탁 울리는 장대

그 소리 산에 메아리치고

후둑후둑 매실은 떨어진다

힘껏 힘껏 휘두르며

쉬지 않는 그 모습

매실 말려 보냈으면

싸우는 장병들에게 전했으면

어스름 황혼 속에서

우러러 매실을 흔들어 딴다



「국민문학」 수록 시 1(1941.11~1943.9)

# 신의 아우와 누이[62]

고다마 긴고[63]

―― 대동아전쟁의 벽두 말레이 전선에서 산화한 오노 히사시게 군(전
경기중학교 교사)의 영전에 보낸다


*

그의 방안에

들어가 만난 보병 오장伍長 훈X등[64]

사진 속의 그에게 엎드려 절했다네

*

다녀오리라 모두에게 안부를

역으로부터 전한 말이 마지막

인사가 되었다네

*

---

62 단카 10수 연작. 이 작품은 원문을 3행쓰기로 하고 있으므로 그에 준하여 옮겼다.
63 고다마 긴고(兒玉金吾, 생몰년 미상). 화가. 1942년 9월 이후 조선문인협회 시가부회 간
   사를 거쳐 1943년 6월부터 조선문인보국회 소설희곡부회 간사를 담당한 기록이 남아 있
   을 뿐, 상세한 신상은 미상이다
64 국가에 대한 공헌을 기리기 위해 제정된 명예의 등급을 훈등勳等이라고 한다. 1875년에 8
   등급까지 제정되었다.

중국 중부의 전장에서 삼 년간

귀환해서는

석 달 만에 또다시 용감하게 나갔건만

　　　*

한번 써보면 어떤가 물었더니

그가 말하길

멋지게 쓰리라고 대답한 전쟁문학

　　　*

상보詳報 없지만

××적진 앞까지 상륙해가는 무렵인가 하고는

침묵했었던 아우

　　　*

지난 사 년간 어머니를 여의고 아버지까지

형마저 야스쿠니에

보낸 자식들 되어

　　　*

미남이었던 친구를 자못 닮아

아름다운

누이의 두 뺨 위를 흘러내리는 눈물

　　　*

손을 붙잡고 채 못한 이별의 말

야스쿠니의

신의 아우에게 신의 누이에게

　　　　　　　　　　「국민문학」 수록 시 1(1941.11~1943.9)

　　　　*

그에 대하여

그가 사랑하였던 문학에 대해

이야기하자 ── 하룻밤 우리들 모두 모여

　　　　*

오늘부터는 우리가 살아갈 길

오직 그것뿐

나라 지킨 영혼의 벗이 되어 있으리


1942.2　63

# 學文民國

1942.4

# 들에서[65]

가지니시 사다오[66]

어쩌면 이 들판에서 죽을지도 모르겠다

허나      무덤에 버드나무는 필요 없다

들에는 키를 넘는 잡초가 있고

때로 용맹하고 우직한 이리들이 우짖고

어금니 같은 초승달이 빛난다

내가 이 들판에 쓰러지게 된다면

용솟음치는 강한 의지를 가졌으되 음지에 사는 이 친구들이

나를 에워싸고      먹고      비추어 주리라

나는 그 속에 대자로 누워 미소 지으며

들가의 백골이 되리라

나의 무덤에 버드나무는 필요 없다

---

65  『사계四季』 1941년 1월호(제53호, 37면) 수록작이다. 『사계』는 다치하라 미치조立原道造를 중심으로 1930년대 이후 일본 서정시의 한 축을 이끌었던 잡지이다.

66  가지니시 사다오(梶西貞男, 생몰년 미상). 1940년 전후 동만주에 파병되어 근무하던 중 마루야마 가오루丸山薫에게 시를 보내어 『사계』를 통해 데뷔했다. 소집 해제 후 귀국도중 조선을 방문하여 다나카 히데미쓰田中英光를 만난 것으로 알려져 있으며, 이 시도 그 만남을 계기로 게재한 것으로 보인다. 전후에 시집 『변경辺境』(『아귀鮟鱇』편집부, 1955)을 간행했다.

# 분설 紛雪

가와바타 슈조

모든 것들이 빛을 거두어

본래의 광원으로 되돌아간 모습이다

꿈속에서 일어난 일인지도 모른다

교교     애애

이 색채에 눈도 멀어

막다른 곳으로 자신을 몰아넣는다

아아 허무에 바쳐진 인간의 역사가

부딪치고 몸부림치며

분분히     어지러이 흩어져오는

이 아름다운 헛수고 속에서

시간을 쌓아

나는 어떤 에마키[67]를 만들면 좋으랴

드드드드     멀리 어느 깊은 곳 무너지는 눈사태의 울림

---

67 에마키繪卷는 두루마리에 그림을 그려서, 그것을 펼쳐가면서 차례로 변화하는 화면을 감
   상하는 일본 전통회화의 한 양식이다. 경전의 내용이나 설화, 고소설, 의식儀式 등을 주
   로 그렸다.

# 합창에 대하여

김종한

당신은      반도에서 오지 않았나

어쩐지      좀 다른 얼굴이라고 생각했다네

하지만      그리 불안해할 건 없네

보게나      송화강[68] 상류에서도 멀리멀리

남경南京 변두리에서도      와 있잖아

수마트라에서도      보르네오에서도      이제는

중경重慶의 방공호에서도      오겠지

그럼      모두 줄을 서세요 —— 오오

포구砲口와도 같다      정열한·口·口·口·口·口·口·口

그것은      기다리고 있다      애타게 기다리고 있다

지휘봉이 가기키는 방향으로      미래로

이윽고      목소리의 홍수가 발포되겠지

자욱히 펼쳐진      연막처럼

여운은 소용돌이치며      소용돌이치며 흐르겠지


이 무대의 이름을      당신은 알고 있다

---

68  백두산에서 발원한 강으로, 아무르강의 가장 큰 지류이다. 중국 동북부의 지린吉林 성과
헤이룽장黑龍江 성의 북부를 관통한다.



「국민문학」 수록 시 1(1941.11 ~ 1943.9)

이 무대의 이름을        나도 알고 있다


보게      지휘봉이 올라가지 않았나      지휘도처럼

(이미      내게는 해야 할 말이 없다)

다만      노래할 일만이 남았다      목청껏

다만      노래할 일만이 남았다


— 시집『한 가지에 대하여』[69] 초

---

[69] 김종한이 남긴 창작시집은『어머니의 노래垂乳根之歌』(인문사, 1943) 한 권뿐이다. 「한가지에 대하여」는 1942년 1월호에 발표한 시 「정원사」를 시집에 수록하면서 바꾼 제목이다.

# 國民文學

1942.5~6(합병호)

# 풍속

김종한

거리를 걷고 있자니

돌연, 하늘 한 구석에서

한낮의 사이렌이 울렸다

기도의 시간이 온 것이다


덮쳐오는 파도가 집채만큼 솟구친 순간처럼

차도 사람도, 완벽하게 멈춘다

기도를 올리기 위해

기도를 올리기 위해


경성이라는 도시가

하나의 커다란 심장이 되어

합장이라도 하고 있는 듯한

경건한, 이 한때를


먼 싸움터에서는, 꽃잎처럼

불을 토하며 흩어져가는 비행기도 있으리라

그리고, 고향에 돌아오는 영령英靈들은

새로운, 이 풍속에 미소 지으리


긴자銀座의 버드나무 거리에서도 볼 수 없는
물론, 교토에도 있을 리 없는
밀레의 그림보다도, 한층 뜻 깊은
이 한때의 경건함을


장엄한 반주이기라도 한 듯
여전히, 사이렌은 울려퍼지고 있다
명복을 비는 자장가인 듯
여전히, 사이렌은 울려퍼지고 있다

# 꾀꼬리의 노래[70]

가와바타 슈조

잔설 보이는 산은 안개 속에 춥고,

성긴 나무숲에 햇살은 푸르고,

스치는 바람에 스미는,

봉인된 겨울의 페이지의 무거운 향기.

이치 따위는 멀리 아래쪽으로 깔리고,

오직 신과 같이 지순한 노래가,

보랏빛 어두운 계곡 아래로부터,

샤라쿠寫樂[71]의 그림처럼 천지가 뒤바뀐 듯한 깊이로부터,

차례차례 울려온다,

꾀꼬리가 울고 있다.

나무들은 격렬히 움트고,

난폭하게도 짙은 안개가 솟구쳐 올라온다.

해 있는 곳을 찾듯이,

계곡물은 다시 한 번 상류를,

---

70 이 시는 원문의 연 구분이 불분명하여 맥락을 고려하여 조정하여 번역했다.

71 도슈사이 샤라쿠東洲齋寫樂. 에도江戸 시대 중기의 우키요에浮世絵 화가로, 1794년부터 이
  듬해에 걸쳐 약 10개월간 화단에서 활동 후 자취를 감춘 신비의 화가로 알려져 있을 뿐
  본명과 생몰년도는 미상이다. 가부키 배우를 주로 그렸는데 과감한 표현과 역동적인 데
  포르메가 기존의 화풍과 크게 달라 강렬한 인상을 남겼다.

나는 겨울 쪽을 되돌아본다

그곳에서 눈부시게 빛나며 범람해 오는

자연도 침묵하지 못하고

나도 노래하고 싶지만,

아아, 꾀꼬리가 울고 있다.


사람들은 고향을 잊고 있는 것인가

아니, 간절히 복귀를 갈망하고 있다.

대륙에 전차가 질주하고,

사나운 독수리는 남양에서 일제히 날고,

이 안개가 걷히지 않더라도

나는 잘 알고 있는 일이지만,

답답하게도,

언어는 우회하여 그것에 다가갈 수 없다.

오래전 인간의 요람이었던 것과 마찬가지로,

일찍이 나의 태양이었던 노래.

구름처럼 정겹고,

숨어 있는 것을 햇빛 속에 드러내어,

때로 피와도 같이, 불과도 같이,

또 썰물 때와도 같은 조용함으로,

언제까지나 세월을 부재不在로 하여,

젊디젊은 정신을 표현하는,

꾀꼬리,

아아 꾀꼬리,

꾀꼬리가 울고 있다.


기름과 불에

새까매진 병사들은 전진戰塵을 일으키고 있다.

민족의 카오스를 엿보고,

견딜 수 없을 만큼 높아진 헌신의 결의가,

모든 대립을 깨고,

창조의 샘으로 존재하는 민족의 피에,

지금, 위대한 기력이 되어 쇄도하고 있는 것이다.

이 애달픈 귀향은,

추한 전술을 숨기고 있는 것이 아니다.

단순한 마스라오부리[72]가 아니다,

모노노아와레[73]도 아니다,

순일무구,

비극의 정신을 뿌리 삼은 개화는 얼마나 아름다운가!

---

[72] 마스라오부리ますらを振り 는 와카의 가풍을 분류하는 용어로 남성적이고 강건한 취향, 즉 대장부의 기풍을 뜻한다. 웅혼, 소박, 진솔한 가락으로 규정되는 『만요슈』의 특징 중 하나이다. 에도江戸 시대의 국학자 가모노 마부치賀茂真淵가 처음 제창한 이래 이상화되었으며 근대단카로 계승되었다. 대응되는 개념으로 여성적이고 우미한 가풍을 다오야메부리たをやめ振り 라 칭한다.

[73] 모노노아와레もののあわれ란 일반적으로는 자연이나 인생, 예술 등에 촉발되어 느끼는 절절한 정취나 애감을 뜻한다. 본디 헤이안平安 시대 문학의 미의식을 설명하는 개념으로, 외계로서의 사물もの과 감정으로서의 영탄あわれ이 일치하는 데에서 생겨나는 조화적 정취의 세계를 말한다. 모토오리 노리나가本居宣長에 의해 정립되었으며, 그 최고의 달성이 겐지모노가타리源氏物語라고 일컬어진다.

끝도 없이, 속절없이,

자랑스럽게 공기를 가득 채우며,

아아, 꾀꼬리가 울고 있다.

# 學文民團

1942.7

징병의 시 **유년**

김종한

한낮,

어느 대문 앞에서, 그 집 아이가

글라이더를 날리고 있었다

그 날이 오월 팔일이라는 것도

이 반도에, 징병이 공포된 날[74]이라는 것도

모르는 듯, 아이는 그저

보조날개[75]의 실을 감고 있었다

*

머지않아, 십년이 흐르겠지

그러면, 그는 필경 전투기에 오르리라

하늘의 계단을 —— 아이는

지난 밤 꿈속에서 올라갔다

그림책에서 본 것보다 아름다웠기에

너무나도 높이 날아올랐기에

---

[74] 일제강점기 조선인의 징병은 1938년 2월 22일 발표된 육군특별지원병령에 의한 지원병 모집으로 이루어졌으나 1942년 5월 8일 조선의 징병제 실시가 발표되었다. 징병 적용은 1944년 9월부터 시행되었다.

[75] 원문에는 에일러론aileron이라고 되어 있다. 비행기 세로축을 중심으로 좌우로 기울게 하거나 서서히 선회시키기 위해 주날개 뒤에 부착하는 보조날개를 말한다.

푸른 하늘 속에서 오줌을 쌌다

*

한낮,

어느 대문 앞에서, 한 시인이

아이의 글라이더를 바라보고 있었다

그 날이 오월 팔일이고

이 반도에, 징병이 공포된 날이었기에

그는 웃을 수가 없었다

글라이더는, 그의 안경을 비웃으며

햇빛에 젖어, 푸른 기와지붕을 넘어갔다

징병의 시 # 뜨거운 손을 들다

나카노 스즈코[76]

도시, 마을, 촌락,

어디나

조선의 사람들 넘쳐나

일하고      싸우고

생활을 일구고


매일 쓰는 말      국어[77]로 올바르게

우리들 밤낮으로

친밀함 깊어져가고


출정, 입영을 배웅할 때마다

앞장서 깃발을 흔들며, 만세를 외치는

조선의 사람들

---

[76] 나카노 스즈코(中野鈴子, 1906~1958). 나카노 시게하루中野重治의 여동생으로, 프롤레타리아 시인으로 활동했다. 『전기戰旗』, 『나프』, 『노동하는 여성働く婦人』 등의 잡지에 시와 소설도 기고했다.

[77] 일본어를 말한다.

조선의 사람들
불끈 쥔 주먹, 끊임없이 외치는 입술


마음 깊숙이 떨쳐낼 수 없는 것이 있으리라
나 항상 그리 생각하며     마음 무거웠지만


이제
조선에 징병제 실시된다


새로운 마음으로
뜨거운 손을 든다

이용해[78]

잉어들은　　미동도 없었다

저물녘

땅거미 내린　　온천의 조용함 속


미지근한　　바람이 나무 사이를 돌고

비 온 뒤의 땅에

한들　　한들

흰 꽃잎은　　젖어들어갔다


수면에 깔린　　내 그림자는 검고

손에 든 종이조각의　　특호 활자가

무수한 빛으로　　되살아나서

새빨간 하늘로 퍼져나갔다

——　조선동포에 징병령


잉어들은　　움직이기 시작했다

---

[78]　이용해(李庸海, ?~1946). 함경북도 출생. 시인 이용악의 동생으로, 경성고보 재학 당시
부터 시를 썼다고 알려지나 그 외 행적은 미상이다.

　　　　　　　　　　「국민문학」 수록 시 1(1941.11~1943.9)

꼬리를 털고      지느러미를 흔들며 헤엄쳐갔다

새로운 향수로

크게      크게      흐름을 만들었다

꼬리를 털고      지느러미를 흔들며 헤엄쳐갔다

새로운 향수로

크게        흐름을 만들었다

# 學文民團

1942.8

# 틈입자

스기모토 나가오

이 밤　　나 신기하게도

희미한 봄의 등불 빛으로

작은 것의 생명을 알았노라


실오라기가 바람에 춤추듯

계절과 함께 돌아온

있는 듯 없는 듯 어린 생명


언제 어디서 찾아와

내 휴식의 창문으로 숨어들어

내 고요한 마음을 놀래키는 녀석


진정 열렬한 모습 없이

모든 기쁨에 앞서

기이한 밤의 노래에 춤추는

있는 듯 없는 듯 나방의 생명

피할 수 없고　　위로할 길 없는

숙명의 언어만이 오간다




「국민문학」 수록 시 1(1941.11~1943.9)

오른쪽　　왼쪽　　높게 낮게
참으로 옅은 봄의 불빛에
취한 나머지 홀로 춤추고 또 춤추는
작은 생명이로다

# 學文民國

1942.10

# 피리 소리를 따라

맥자[79]

피리를 불면

저녁놀이　　하나씩

풍선처럼　　날아갔다


적막한 마을의 하늘로

슬픈 지붕 위로

고향빛 날개를 남기고　　날아갔다


그것은

나비와 같은　　달콤한 꽃가루를 흩뿌리고

그것은

바다와 같은　　먼 울림을 전했다


──소년은　　피리를 거두고

가슴 한가득　　어머니의 젖가슴을 들이마시고

바다 쪽으로　　바다 쪽으로

---

**79**　맥자(麥滋, 생몰년 미상). 한국인 작가의 필명인지 일본인인지 확인되지 않았다. 일본인인 경우, '무기 시게루'로 읽어야 한다.

석류와 같은　　마을로 돌아갔다 ──

# 구름과 하늘

노리타케 가즈오[80]

매일 보는 저녁노을이다

하늘에는 똑같은 구름이고

똑같은 산들  한 그루 나무가

멀리 보인다

오직 한 명 흰옷의 사람이 서 있다

그런데 열흘 정도 내리지 않던 비가 오고 나니

온 몸 가득 대기가 스며드는구나

참으로 푸른 깍지를 쓴 완두콩

해바라기처럼 크게 보이는 노란 쑥갓꽃

그것이 사방에 가득 차 있다

이슬을 머금고 있다

갈색 흙 빛깔도 향기로울 정도이다

모든 것이 촉촉하다

바람이 분다

---

80　노리타케 가즈오(則武三雄, 1909~1990). 돗토리鳥取 현 출생. 1928년 10월부터 신의주에
　　서 조선총독부 기관지 『평북경종平北驚鍾』을 편집했고, 1930년 6월부터는 경성의 조선총
　　독부 경무국 보안과에 근무하며 『국방의 조선國防の朝鮮』 편집을 담당했다. 이 무렵 만난
　　미요시 다쓰지三好達治를 생애 스승으로 모셨으며, 시집 『압록강鴨緑江』(1933)과 『풍영집
　　風詠集』(1936)을 조선에서 간행했다.

나의 생을 씻어가듯이

촉촉한 앞뜰이다

월세 십사 엔

공덕동 진흙 언덕 위이지만

꽃이 진 뒤의 라일락이 있고

다섯 척이나 가지를 뻗고 있는 줄장미도 있다

아이를 데리고 나온 이웃집 주부도 있다

스물두 살의 사람

건강한 농가의 딸이었음이 아직 그 몸짓에 남아 있는 사람이다

이 생활

내 나이 서른 지금 이 곳의 생활 속에

이 수년간의 생활 속에 있는 것

이 저녁    나는 무언가에 감사한다

참새가 운다

짹짹짹짹

막 세탁한 듯한 소리

비누 향기가 날 듯한

축대 아래에서는 아이들이 그네를 타고 있다

무언가 이야기를 하고 있다

하품을 하고 있다

조용히 도약하고 있다

이것은 신과 같은 청명함이고

천사 같은 상쾌함이다

이렇게 하늘 아래 홀로 서있는 듯 느낀 적도 없고

고요와 평온에 둘러싸여 있는 듯

느낀 적도 없다

모든 것이 나를 신으로 만든다

나는 이렇게 좋은 사람이 되어도 되는 걸까

내 집의 상추야 쑥갓아 조선배추야 가지야

다정한 초록빛 완두에는

반짝반짝 다섯 개의 콩이 비친다

바람이 분다

하늘이 흔들리고 있다

감잎이 흔들리고 있다

아직 밝은 하늘에 어딘가로 돌아가는 두 마리 새야

이제 밤이 되겠지

너희들은 샛별을 부르러 가는 것이냐

# 고무나무의 노래

주영섭[81]

한낮 책상 위에

남양南洋[82]에서 왔다고 하는

고무나무가 한 그루 서 있다

칼집을 내면 고무액이 흐른다고 한다

아직 푸른 줄기와

큰 타원형 이파리가 영란초 잎처럼 늘어서서

먼 꿈을      부르고 있다


한낮 좁은 길모퉁이에서

아이들이 놀고 있다

남양에서 보내온

고무공을 힘껏 던지며 ——

붉은 땅에 도약하는      고무공이여

---

81  주영섭(朱永涉, 1912~?). 본관은 신안新安, 창씨명은 마쓰무라 나가루松村永涉이다. 연극 배우, 극작가, 연극연출가이다. 개신교 목사 주공삼朱孔三의 4남 4녀 중 넷째 아들로 주요한朱耀翰, 주요섭朱耀燮 형제의 동생이다.
82  남양 제도. 서태평양 적도 부근의 미크로네시아 제도를 가리킨다. 현재의 북마리아나 제도, 파라오, 마샬 제도, 미크로네시아 연방에 해당된다. 독일의 식민지였으나 제1차 세계대전 이후 베르사이유 조약에 의해 1922년 남양청이 개설된 후, 1945년까지 일본제국의 신탁통치를 받았다.

푸른 하늘에 비상하는     고무공이여

남양의 새하얀     전설이여

하늘을 날아라

높이 높이

동양의 깊고도 젊은     창공을 ──


흰 벽 가득 퍼지는

태평양의 파도

말레이산 고무나무의 녹색 이파리가

열풍을     뒤흔든다

스콜을     불러온다

남양 항로[83] 사무실의 오후

창밖을 흐르는     흰구름은

오늘도     청천이다


---

83  1945년까지 일본과 남양 제도를 연결한 항로로, 미쓰비시 그룹의 모회사 중 하나인 니혼
    유센日本郵船에 의해 1917년 개설되었다. 고베神戸와 요코하마横浜를 기점으로 하여 사이
    판을 거쳐 동서의 섬들을 연결하는 2개 항로를 운항했다.

# 출생 찬가

와타나베 가쓰미[84]


산산이      온갖 꽃잎들

산산이      춤추고

태양은 떠오른다

빛은 쏟아진다


아아 오색 테이프가

흩어진다      난다

이 시간      이 세계를

오색으로 가득 채운다


신묘한 소리      신묘한 목소리

이 세상 것이 아닌      호수의

눈부신      잔물결처럼

귀가 떨린다      마음이 떨린다

천지의      신들이

---

84  와타나베 가쓰미(渡邊克己, 생몰년 미상). 1937년 평양고등보통학교 교사를 거쳐 1939년
    에서 1941년까지는 평양제2중학교 교사로 근무한 기록이 남아 있다.

춤추는 음악 소리

노래하는 기쁨

하늘과 땅을 한없이

감싸는 바로 지금


아아      하나의 생명

다시없는      이때      이 순간

태어났도다      태어났도다

하나의 생명      태어났도다

해는 떠오른다

빛은 쏟아진다

온갖 꽃      떨어져 깔리는 이때

하나의 생명      내 품에      태어났도다

# 고향에서

시로야마 마사키[85]

물레방아가 온종일 돌아가는

고향 마을의 작은 개울가에는

벌거벗은 채 어린아이들 무리

장난질 속에 해지는 줄 모르고

즐거운 듯이 모여 와글거리네

이런 저녁에 아무 하는 일 없이

강변에 나가 나는 또 거닐었네

물레방아가 돌아가는 오두막

물레방아가 돌아가는 그늘에

진홍빛으로 이제 막 피어나는

패랭이꽃을 한 송이 찾아내고

아무도 몰래 그대를 생각했네

그 머언 날의 멀어진 내 그림자

그 머언 날의 그대의 옛 자취가

---

85 시로야마 마사키(城山昌樹, 생몰년 미상). 한국인으로 본명 미상. 1942년 오사카大阪의 시
잡지인 『일본시단日本詩壇』에 다수의 시를 발표했으나 그 외 행적은 알려진 바가 없다.
2005년 간행된 『재일코리안 시선집在日コリアン詩選集——九一六年~二〇〇四年』(森田進・佐
川亜紀 編, 土曜美術社)에 「하얀 풍경白い風景」외 2편이 수록되어 있다.

가슴속에서 지금 되살아나네
물레방아가 돌아가는 소리도
물레방아의 그 소리가 아니네
나 또한 이제 지난 내가 아니네
풀잎의 이슬 정적 속에 잠기고
저무는 날에 그저 몸을 맡기네

# 등반자

아마가사키 유타카

인간 세상　　멀리 떨어진 곳
백설의 준봉을 향해 나아간다
그것은 세 사람의 등반자였다


억누르기 어려운 동경의 마음 먼저 달려가고
전설의 금단을 물리치고
공포를 뛰어넘어
한발 한발 더듬어가는
정숙의 경계


의식되지 않는 아름다운 윤리는
세 사람의 몸을
한 줄의 자일로 함께 이어
얼음을 깨고
바위를 뚫고
오로지 높은 곳을 향해 기어 오른다
보라
그 눈동자에 숭고한 빛 가득차고

그 마음에 고매한 기운 넘쳐난다


오오      이제 여기에

모든 속진俗塵을 떨치고

장중한 자연의 품으로 돌아가려 하는

세 사람의 등반자여

이윽고      그대들의 노력은

산봉우리들에서 요사스러운 마물의 환영을 지우고

깊은 못들에서는 전설 속 공룡의 그림자를 끊을 것이다

# 團民文學

1942.11

# 가을의 속삭임

가네무라 류사이

신농神農 씨의 문이 조용히 열려

시월의 청명한 바람이 가을의 소리를 알리니

하늘 높이 흐르는 구름빛이

지상의 황금빛 절기에 놀라 기러기를 불렀다

목장의 말이 메아리를 울리며 꼬리를 흔들자

막내둥이 산새가 허둥대며 둥지를 떠났다


우리네 가을을 거두는 즐거운 농사

기운찬 남정네들이 소리 높여 이야기를 나누며

손발을 씻는 저녁 하늘가에

아직 배고픈 낫이 반짝반짝 빛나고 있었다

벌레의 악대가 청량하게 울고 있었다

들국화가 어렴풋이 달을 기다리고 있었다


아직 시집 안 간 처자들의 눈동자에는

통통하게 살진 새하얀 무도

펄떡펄떡 뛰어오르는 물고기의 알몸뚱이도 즐거웠다

초산을 다투는 새댁들의 허리띠에는

마치 군인의 훈장과 같이

그날의 금줄을 경사스레 꾸미기 위해

알짜만 골라낸 붉은 고추가 살짝 감추어져 있을 테지

깔깔 웃음이 넘쳤다가는

속닥속닥 소문의 파문이 그려져 갔다


또 길일 밤이라도 되면

햅쌀로 만든 떡을 조촐하게 대접하는

오랫동안 지내왔던 아타카마쓰리[86]에서도

먼저 황군의 무운장구를 비는 노파들이여

시리도록 맑은 정한수 그릇에는 별들이 깃들어 있었다

훈훈해지는 방 안에는 아이들이 잠들어 있었다


가마니를 짜는 긴긴 밤의 날실에

정겨운 이야기의 이삭들이 엮이어갔다

예부터 내려오는 전쟁이야기처럼

우리 아이들이 군문軍門에 서기를 애태워 기다렸다

노인들은 젊은이들이 따라올 수 없는 솜씨로

저수지의 잉어를 잡을 것이라며 그물을 짜고 있었다


오늘밤도 구장집 대청마루에서는

---

86  가정신家庭神에게 한 가정의 안녕함과 번영을 비는 무속제의를 말한다.

화기애애하게 마을회의가 열려

이 겨울나기 싸움이 이러쿵저러쿵 계획되고 있었다

그림자처럼 묵묵히 있던 마당의 나무 위에서

"우리는 더욱더 달게 익어가기 위해

혹독한 서리를 맞고 싶다네" ……

달처럼 둥근 감이

감처럼 노란 달과 속삭이고 있었다

—『아세아시집』 제57편

# 이케다 스케이치[87] 만가 및 한카

가와바타 슈조

들판의 빛 해원을 이루고

티끌 같은 몸도 빛나는 위대한 날에

이름을 떨쳐야 할 젊은이가

헛되이 쓰러진 지 벌써 한 해

어두운 혼수 속에 끊어진 너의 숨결

못다한 꿈만이 빛나고

어느 때엔들 편히 잠 들 수 있으랴

물 찬 제비 처마에 다투어 지저귀고

소녀들의 손에서 불꽃이 파리하게 꺼지는

산기슭 닭 우는 밤의 초혼제招魂祭

상서로운 구름빛 하늘에 떠오르고

슬픔에 무너지는 바람 있어

슬픔을 견딜 방법 알지 못하니

시절의 색 덧없이 지나가는 여름 꽃

흰 꽃잎을 뜯어 입에 물면

달랠 길 없는 마음의 그림자일까

---

87　이케다 스케이치池田助市는 일본인명으로 추정되나 확인할 수 없었다.

구름으로 뒤덮인 산들을 넘어

소리도 없는 번개 달린다


　　한카

무카에비[88]가 사그라든 어둠에 빗기운 든다[89]

---

88  객이나 신령을 맞이하기 위해 피우는 불. 초혼제나 장례, 혹은 혼례 시에 사용되지만 일
　　반적으로는 추석에 조상의 영혼을 맞이하기 위해 피우는 들불을 가리킨다.
89  이 한카의 시형식은 하이쿠(俳句, 5·7·5의 음수율로 이루어진 일본 고유의 단시형문학
　　의 하나)이다. 특별한 전거가 있는 것이 아니고 작자의 창작으로 보인다.

# 國民文學

1942.12

# 결의의 말

대동아전쟁 1주년을 맞이하여

데라모토 기이치

냉수를 확 뒤집어쓴다

합장의 손뼉[90]을 짝짝

일본 가정의 아침은 합장으로 시작된다

손뼉소리는 쩌렁쩌렁 아침 안개를 깬다

손뼉소리는 세계를 질타하는 일본의 목소리다

12월 8일[91]이래 합장은 내 마음의 호령이 되었다

전세계가 내 두 손 안에 들어와

산산이 부서지는 것이다

야스쿠니의 신들이여 바라옵건대 굽어살피소서

오늘도 반드시 목숨을 걸고 임하겠습니다

묵도의 사이렌[92]이 울리기 시작했다

차도 사람도 순간 멈춰섰다

일본 가정의 정오는 묵도 속에 있다

아아 일본의 묵도가 전세계로 힘차게 울려 퍼진다

내 마음은 황홀해져 위대한 일본을 따라간다

---

90 가시와데柏手, 즉 신에게 배례할 때 손바닥을 마주쳐서 소리를 내는 의식을 말한다.
91 1941년 12월 8일 태평양전쟁이 시작된 날이다.
92 태평양전쟁 발발 1주년을 기리는 정오의 묵도 사이렌을 말한다.

알류샨[93] · 마다가스카르 · 대서양

아아 일본의 묵도는 전세계의 소음을 분쇄했다

내 마음은 심원한 해양 깊숙이 잠겨 간다

진주항 · 시드니항 · 솔로몬해[94]로

묵도의 사이렌은 끝났다

아아 내 마음은 아이처럼 맑아진다

나머지 한나절도 반드시 목숨을 걸고 임하리라

---

93  북태평양에 있는 호상열도. 미국의 알래스카 반도에서 러시아의 캄차카 반도까지 약
930km에 걸쳐 이루어진 열도이다.
94  1941년 12월 8일 하와이 공습과 함께 5척의 특수 잠수정이 진주만에 잠입했다. 1942년 5
월 30일에는 시드니 내항에 일본 잠수정이 잠입을 시도했고, 같은 해 8월 태평양 남서부
솔로몬에서 3차에 걸쳐 해전이 벌어졌다.

# 결의

대동아전쟁 1주년을 맞이하여

스기모토 나가오

기나긴 섣달의 밤을 밀어내고

동천東天이 희망의 일륜을 내걸었다

1941년 날은 8일

사람들이 누르기 어려운 감정과 책임에

저도 모르게 옷깃을 여민 천황의 말씀

이날부터 길마다 모퉁이마다

사람들의 눈을 사로잡았던 큰 전과

우리 황군이 가는 곳

가을날에 낙엽 날리듯 힘없이 쓰러진 적들

그들의 길과

우리들의 길을

이 첫돌까지의 날들이 웅변으로 이야기해 주었다

비록 얼음처럼 혹독한 고난이

우리들의 갈 길을 막을지라도

불처럼 맹렬한 사악함이

우리들의 시야를 까맣게 가리더라도

이 높은 이상과 영광의 궤도를 침범할 수 없다

우리들이 지향한 마지막 것을

쟁취해 낼 날까지
이 첫돌에 세계가 알게 된
흔들림 없이 견뎌온
황민의 힘을 보여주자

# 대기 待機
재래 · 12월 8일

김종한

눈이 내리고 있다

조용하고 차분하게　　눈이 내리고 있다

그 속을　　재잘되며　　너희들은

누이여　　재종 형제여　　아우여

배움터로 발검음을 재촉하고 있다.

길고 긴　　창경원의 돌담을 따라

눈이 내리고 있다


조용하고 차분하게

눈이 내리고 있다　　내리고 있다

아우여　　재종 형제여　　누이여

그것은 내려 앉는다　　너희들의 어깨 위에

찰랑이는 머리에　　쉼없이　　낡은 모자 위로

10년 젊어져서　　나도

너희들과　　발걸음을 맞추고 있다

눈이 내리고 있다


분명　　작년 12월 8일에도



「국민문학」 수록 시 1(1941.11~1943.9)

눈이 내리고 있었지      그 이후로 일 년

싸움은 파노라마처럼

남쪽의 바다로 펼쳐져갔다

그리고 너희들은      밥이 얼마나 맛있는지 알게 됐다

재종 형제여      누이여      아우여

너희들 위로      눈이 내리고 있다


눈이 내리고 있다

길고 긴      창경원의 돌담을 따라

계절의 혹독함에도 이리 유순한      너희들에게

굳이 무엇을      이를 말이 있으랴

눈이 내리고 있다      조용하고 차분하게

누이여      재종 형제여      아우여

눈이 내리고 있다      너희들 성장 위로

쉼없이      눈이 내리고 있다

# 學文民團

1943.1

# 담징

사토 기요시

사방에 화강석을 두르고,

끌로 쳐서 매끄럽게 만들어,

직접 사신도四神圖를 그렸다.

올려다 보면, 천정에는, 산 우뚝 솟고, 구름 걸리고

선녀 무리 짓고, 신선 놀고,

연꽃 흐드러지고, 봉황 날개를 펼쳐,

기괴한 동물을 불러 모으고 있다.


평양서 십리를 달려,

황무지 한가운데 차를 멈추고,

강서읍의 고분[95]을 보았던 밤,

나는 진남포의 쓸쓸한 여관에서,

멀리 호류지 본존의 광배와,

다마무시노즈시의 밀타화[96]를 생각했던 것이리라,

---

[95] 평안남도 강서군(현 남포특별시)에는 낙랑군樂浪郡에 속했던 시기의 고분이 많이 남아 있다. 그 중 무학산의 남쪽에 위치한 강서삼묘江西三墓가 가장 유명하며, 시신을 안치하던 현실玄室과 전실前室 벽에 현무, 주작을 비롯한 4신도四神圖가 그려져 있다.

[96] 다마무시노즈시는 나라奈良의 호류지法隆寺가 소장하고 있는 아스카飛鳥 시대(7세기)의 불교공예품으로, 불상이나 불경을 넣어서 실내에 안치하는 감실龕室이다. 비단벌레의

그 그림들이, 저 고분 천정의

구름 모양이나, 인동 덩굴, 당초 무늬와 한데 뒤섞여,

화려한 하룻밤의 꿈을 나에게 엮어주었다.

잠을 깨고서도, 평양과, 나라와, 아스카가

눈앞에 선한 것 같았는데(신기하여라)

어린 시절 들었던 이름이

기억 깊숙한 곳에서 불쑥 떠오른 것이었다.

── 담징! 고구려의 승려, 담징!


── 영양왕 21년,

이제 도항 준비를 마친 담징은

강한 요청에 압도되어,

거친 빛으로 물결 치며,

소용돌이치는 바다를 응시하고 있다.

바다 저편의 야마토[97]의 나라, 바다보다도

격렬한, 저, 문화의 욕망 ──

── 13년 전 신라는 까치 두 마리, 공작 두 마리를 바치고,

── 11년 전, 백제는, 낙타 한 마리, 나귀 한 마리, 양 두 마리, 흰 꿩 한

마리를 바치고,

---

날개를 금박과 함께 새겨 넣은 데서 유래한 이름이며, 기부基部의 4면에 그려진 그림으로
유명하다. 그중 일부가 유화기법을 사용한 밀타화이다.

[97] 일본을 말한다. 최초의 왕권국가인 고대 야마토大和국에서 유래했으며, 태평양전쟁 중
제국해군의 최대 전함에도 같은 이름이 붙여졌다.

──8년 전, 백제는, 역년曆年, 천문지리, 둔갑방술서遁甲方術書를 바치고,

──5년 전, 고구려는 불상 주조를 위한 황금 삼백 냥을 바쳤는데,

또, 어떤 문물, 어떤 서책을 구하며,

어떤 불공佛工, 화가, 박사, 고승을 구하는 것일까,

그 치열한 열정은 실로 경탄할 만하다.

(저곳에는 위대한 지도자, 쇼토쿠 태자가 계시는 것이다)

나도 그 열의에 움직여,

협력을 맹세하고 가려 하는 것이다.

(아아, 학예야말로 진정 혼과 혼을 이어주는 것이다)

나도, 오경을 읽는 것만이 능사가 아니다.

물감을 만들고, 종이를 만들고, 먹 만드는 기술도 뛰어나며

그림도 못 그릴 것 없다.

수나라에서, 신라에서, 백제에서,

구름과 같이 모이는 예장藝匠들과 함께,

저곳에서 일어나려 하는 새로운 학예를 위해,

몸을 바쳐 미력을 더하는 영광을 생각하라.

인도, 중국, 조선의 손을 거쳐,

전해진 불상, 불화佛畵와 같이,

모든 학예는 저곳에서 순화醇化되리라,

이름은 사라진다 해도,

만고에 살아 남을 창작이 저기에 남으리라,

그리고 진정 새로운 동양의 빛이 되어,

다시 우리들을 사방으로 비추어 주리라,

(예술에 있어서는, 천 년도 일각이고, 일각도 천 년이다)

아아, 커다란 목소리가 들린다,

위대한 예술이 나를 부르고 있다,

나는 간다!


주) 일본백과대사전. 귀화승. 원래 고구려 사람으로 스이코(推古) 천황 18년 6월 고구려 왕이 법정(法定)과 함께 보냈다. 오경에 통달하고 그림을 잘 그렸고, 종이, 먹, 채색물감 및 물레방아를 만들었다고 한다. 그 외의 사적은 정사에는 보이지 않고, 야마토 호류지의 기록에는 그 절의 금당 벽화는 그가 그린 것이라고 한다. 과연 그런지 아닌지 모르겠다. (아카보리)[98]

---

[98] 여기서 말하는 일본백과대사전은 산세이도三省堂 간행본(斉藤精輔 編, 1908.11~1919.4) 으로 추정된다.

團民文學

---

1943.2

# 해와 달의 회귀

아베 이치로[99]

옛날, 연오랑과 세오녀 부부는 바위를 타고 바다를 넘어 일본에 건너왔다. 연오랑은 해의 남신이고 세오녀는 달의 여신이었다. 그 후 조선의 산천에서는 태양이 희미해지고 달도 맑은 빛이 없어져 어둠 속에서 온 세상이 어지럽고 어지러웠다. 그때부터 수천 년 조선은 어둠 속에서 그래도 꿈틀거리며 살아왔다. 산소[100] 주위에 봄 여름 가을 겨울의 흐름조차 없고, 낮게 깔린 단색의 잿빛 안개 속에 안일의 연기는 긴 담뱃대가 되어 사람들의 손가락을 노랗게 물들였다. 또 음울한 선율의 노랫소리는 붉고 황료한 민둥산들을 감도는 물소리와 슬픈 장고 소리에 묘하게 어우러지며, 그 옛날 기녀 천관에 대한 사모의 정을 끊었던 남자의 칼은 언제까지나 말을 베는 일 없이 수많은 날들이 흘러갔다……

해와 달의 참된 모습은 붉은 빛도 선명하게 동쪽에서 조선으로 다시 돌아왔다. 몇천 년 동쪽을 거닐던 신들의 손과 발이여! 사람들은 새벽에 눈 뜨고 달밤에 생각하고 자유와 무지, 그리고 나태의 말을 베고, 여기, 연오랑과 세오녀의 자손들이 손에 손을 잡고, 이 넓은 국토에서 지금, 해의 신민과 함께 고기 잡고 나무하며 흙에 살고 있다.

---

99  아베 이치로(安部一郎, 생몰년 미상). 1938년 이후 조선총독부 직속기관인 신의주세관 감시과에 근무한 것으로 알려져 있다.
100  아래에 경주가 등장하는 것을 미루어 보아 왕릉인 듯하다.

해와 달의 신이여. 신대부터 일본에 계셨고 섬겨온 아마테라스 오미카미[101]는 외국의 신이 아니다. 경주의 전설에 그럴싸하게 전해온 그 신들은 우리 조상신들과 함께 계시며 지금 이미 귀일되어 모셔지고 있다.

이제 만주도 시베리아도 중국도 인도도 태국도, 또 일곱 바다가 가 닿는 모든 나라에 해와 달의 신들이 걸어간다. 아라미타마에서 니기미타마[102]로, 은덕을 널리 비추며 뻗어 나가는 강대한 황군의 깃발처럼 일곱 바다의 파도를 넘어 동쪽에서 해와 달의 신들이 나아간다.

---

101 아마테라스 오미카미天照大神는 일본 신화에서 신들의 고향인 다카마가하라高天原의 주신主神이고 해의 신이다. 일본 황실의 조신祖神으로 숭배되고 있다.
102 주 26 참조.

# 젊은 스승의 노래

야나기 겐지로

불자는      아니지만

생각하니      신기하구나

이 위대한 격동의 시대에

이 땅에

태어나 만난      나와 너희들

스승이라 불리고      제자라고 부른다

새로운      내일을 바라보고

함께 일어나      함께 단련한다

도대체      어떤 인연인 것일까

아아

열심히      일장기를 그리고 있느냐      단발머리 소녀야

아아

열심히      비행기를 만들고 있느냐      반바지 소년아



「국민문학」 수록 시 1(1941.11~1943.9)

# 가을의 행복

야나기 겐지로

청보라빛으로

깊고 깊게 투명해져만 가는 하늘 아래

보잘 것 없지만

이처럼 올해도　　아무 탈 없이

살아 있는 것을　　행복하게 여긴다


얼마 안 되는

보리와 무일지언정

아침저녁 거르지 않고

먹을 수 있는 것을　　행복하게 여긴다


아무 데도 가지 않고

고향에 살며

터를 잡고서

여유롭게　　들국화 등을

볼 수 있는 것을　　행복하게 여긴다


벼 이삭의 물결　　황금빛으로 펼쳐지고

황군은      오로지 승승장구한다고 한다

집집마다 일장기가 걸린

총후의 가을

일본의 가을에

이렇게 장식품처럼 단정하게 앉아 있는 것을

행복하게 여긴다

# 어느 독서병

잇시키 고[103]

그는 한때 대학 문과 학생이었던 적이 있었다.

그의 말에는 인도 게르만 어계 단어가 섞이는 게 습관이었다

그는 비누향이 나는 청결한 문화 속에 있었다

한때 좌경左傾도 했지만 대부분은 맨체스터 상인[104]들의 사상에 영향을
받았다


지나支那사변이 시작되자 곧

홍안의 그는 수송열차 안에서 사이다를 마시고 있었다


그 이후 격렬한 전투가 이어졌다

새장처럼 앙상한 그의 골격은 몇 번인가 소리를 냈다

그러는 사이 조금씩 강해지기도 했다

앞니가 맥주 병따개 대신이 되듯 병사가 된 백성에게 몇 번인가 총을
쏘기도 했고 진흙탕을 건너기도 했다

---

103 잇시키 고(一色豪, 생몰년 미상). 1937년 의주농업학교, 1939년 이후 평양제2중학교 교사
로 근무한 기록이 남아 있다.
104 19세기 전반 영국의 맨체스터를 근거지로 하여 전개된 자유무역운동의 실천가 그룹을
말한다.

잠시 전투가 잦아들었다

그는 출정 후 6개월째 되는 어느 날 밤

밤새 잠들지 못했다     새벽에 눈물을 흘렸다

그는 이때 일본의 정치적 운명을 분명히 알게 되었다

그는 이때 맨체스터학파 사상에 작별을 고했다

그는 유쾌했다


그는 마치 주인집을 옮기는 여종처럼

이와나미 문고[105]가 들어 있는 보따리를 들고 주둔지를 이동했다

지나 가옥의 차가운 벽돌 위에서

그는 책을 읽었다     그리고 물통의 물을 꿀꺽 마시는 것이었다


그는 지식을 사랑했다

아마도 지구상 어느 곳 어느 시대의 청년에게도 지지 않을 만큼 책을
사랑했다

그는 전투에도 꽤나 능숙해졌다

그리고 목숨을 아끼지 않는 것은 센고쿠 시대[106]의 무사와도 같았다


어느 날의 전투에서 결국 그는 죽었다

---

[105] 이와나미쇼텐岩波書店이 발행하는 문고본 총서를 말한다. 1927년 7월 10일에 창간되었으
며, 독일 레크람문고를 본떠 고전적 가치를 가진 책을 간행했다. 최초 간행 작품은『신훈
新訓 만요슈』이다.

[106] 센고쿠戰国 시대(1467~1568). 일본 역사에서 쇼군의 권력이 약화되고 다이묘들이 성장
하여 전란이 빈발했던 시대이다. 오다 노부나가織田信長의 도성 장악과 함께 마무리 된다.

어느 부락 옆 개울가에서 얼굴이 반쯤 물에 처박힌 채


나는 그 병사를 알고 있다
그리고 이 시를 읽는 사람들 중에는 자기도 그와 닮은 병사를 알고 있
다고 할 사람이 꽤 있을지도 모른다


바라건대 천하의 모든 독서인들이여
언젠가 야스쿠니 신사의 사당 앞에 서게 될 때
보따리에 이와나미 문고를 싸 들고 다니며 싸운
무명의 독서병을 생각해 주기를

# 출정하는 친구에게

시바타 가와치

너는 나아갔다
붉은 어깨띠를 두르고
환호의 폭풍과 함께
늠름하게
무엇 하나 남김없이
너의 온몸으로 부르심을 받아
황국으로 보내지고
황국을 향하여
죽음과 함께 사는 위대하고 엄숙한
전투의 벌판으로
확고한 발걸음으로
활보하며 나아갔다

너는     이제
총 끝에서
칼 끝에서
황국의 모습을 지켜보리라
황국은 때를 맞아

너를 감싸고

너는 그 속으로 퍼져 나가리라

그리고      뚜벅뚜벅

아침으로

저녁으로

너의 군화 소리가

너를 뚫고 나와

어디까지나, 어디까지나

세상의 끝까지

울려 퍼지리라


나는 본다

모두가 깊은 잠 속에서

쉬고 있는 가운데

날카롭게 빛나는 너의 눈과

그와 같은 수많은 눈들이

일본 전국을 가득 채워

이 밤을

이 나라를

바라보며

지켜나가고 있는 것을 나는 본다

# 후지산에 부쳐

양명문[107]

당신의 성스러움을

당신의 정상을 밟고서야

이제       깨달았습니다.


일찍이 많은 시인들이 노래했던 당신

일본 제일이라고 읊었던 후지 당신

안개를 품은 분화구를 하늘을 향해 열고

하늘을 향해 무언가를 선언하는 모습


후지여

당신의 숭엄함을 나는 발견한다

당신의 허리 아래에서 소란스러운 번개

아득히 멀고 낮게 깔리는 뭉게구름

이들을 내려다보는 당신의 성스러운 모습

---

**107** 양명문(楊明文, 1913~1985). 호는 자문紫門. 평양 출생. 도쿄의 센슈專修 대학 법학부를 졸업했다. 1940년 첫 시집『화수원華愁園』을 발행하며 문단에 나왔지만 광복기까지는 많은 활동을 하지 못했다. 1·4후퇴 때 월남한 후,『송가』(1947) 등의 시집과 평론「6·25가 한국시에 미친 영향」(1980) 등을 발표했다.

지금 나는 이 자연을       초월을

발견한다, 체험한다


당신에게는 초월이 있다

당신에게는 상징이 있다


시시각각 변화하는 당신의 모습

아아! 오로지 위대하고도 초월적인 당신

지금 나는 당신을 느낀다


이 시키시마[108]에

후지여       만약 당신이 없었다면

우리들       당신 대신

그 무엇을 긍지로 삼을 것인가


당신은 언제나 위대하고 넓습니다

그리고 당신을 가진 우리들

항상 당신처럼 살고자 한다


무리에 무리 지어

줄에 줄 지어

---

108 일본국 또는 최초의 왕권국가인 고대 야마토大和국의 별칭이다.

3,776미터 당신의 높은 정상을

찾아오는       선남선녀의 무리


예로부터 대대로 이어져 온 피를 끓이며

당신 그리고 당신의 영기에 닿기 위해


태평양을 지켜보는 당신

당신은 강하고, 아름답고, 올바르다

나는 지금 그것을 여기서 깨닫는다


후지여

영원히 그 모습 앞으로 올 세상에 전하기를

그리고, 당신의 등줄기에 남겨진 우리들의 흔적에

다음 세대의 자자손손 걷게 하기를


이제 나는 당신의 이마를 떠나

도시로 내려가는 길

이 시를 당신에게 바친다

# 國民文學

1943.3

# 밀물이 밀려오는 바다에서

가와바타 슈조

멀고 아득한 것이

그리움을 불러일으키듯이

해파리들 가득히 떠다니는 바다에서

춤추듯 날아오르는 갈매기

나의 시구詩句와 헛된 방황

한번 버리고 다시는 돌아보지 않았던

그것들이

구름에 물들어

바닷새의 흰 날개 소리도 힘차게

나에게 돌아오는 것이다

멀고 풍부한 시간 동안

노래가 그친 적이 없는

젊은 민족의 기원으로부터

되돌아오는 것은 얼마나 뿌리 깊은가

바람처럼 겉돌지 않고

나무들처럼 소리치지 않고

우리들의 일념을

억년의 빛깔과 무게 속에 간직하고



「국민문학」 수록 시 1 (1941.11~1943.9)

커다란 물결을 이루면서

소리도 없이 차오르는 밀물

어느날 밤

펄펄 내려 쌓이는 눈 속에 풀지 못한

격렬한 침묵의 의미

아아 그 마음을

한낮, 짙은 녹색 물결이

내게 뚜렷하게 보여주는 것이다.

# 남진보南進譜
## 스가누마 다다카제[109]를 생각하며

스기모토 나가오

탁 트인 히라도[110]의 하늘

뱟코산 성터

엉겅퀴 꽃이 바닷바람을 불러

바닷바람에 연은 날고

꿈꾸는 벽공碧空에 마음 끌리고

연줄은 윙윙 울고

히라도 해협의 파도는 소용돌이 친다

아득히 먼 외로운 연의 모습

소년의 동그란 눈동자는 이글거리며

열렬히 그 행방을 좇는다

저물어가는 하늘 저 끝

알 수 없는 미래를 찾아

---

109 스가누마 다다카제(菅沼貞風, 1865~1889). 나가사키長崎 현 히라도平戸 시 출생. 경제사가, 저술가로서 남진론자였다. 1884년 도쿄 대학 고전과에 입학, 논문 「대일본 상업사大日本商業史」를 썼다. 남진론을 실행에 옮기기 위해 1889년 필리핀 마닐라로 떠났으나 콜레라로 사망했다.

110 히라도 시는 현 나가사키 현 북서부의 히라도 섬과 그 주변을 행정구역으로 하는 곳으로 규슈 본토의 가장 서쪽에 위치한다. 근세 이전에는 중국이나 포르투갈, 네덜란드 등과 교류하는 국제무역항이었다. 대대로 이 지역을 다스려온 마쓰우라松浦 가문이 히라도 섬의 북부에 자리한 뱟코산白狐山에 산성을 짓고 그 근거지로 삼았다.

소년은 희망의 노래에 취했다


그날 이후 몇년이 흘렀나

그는 뭇사람의 길을 버리고

결연히 고독한 벼랑에 섰다

한 톨의 작은 생명은

창해의 파도를 넘어

새로운 땅에 이르고자 한다

이 용맹하고 고독한 발자취를 지켜주는 것

그가 입을 영광을 불멸로 새기는 것

신념이 열정의 날개를 달아

만리의 벼랑을 향했다.


그날

그의 웅도雄圖를 배웅하는 요코하마항은

은백색의 빗줄기에 흔들리고

출범을 알리는 동라 소리가

결의하듯 물결 위에 퍼지자

프랑스 배는 천천히

조국의 안벽[111]을 떠났다.

오랜 인고와 사념 뒤에

---

111 선박을 대기 위해 항구 등에 수직으로 쌓은 옹벽을 말한다.

필리핀행을 결정한 다다카제

게다가 동행한 니치난[112]은 그의 이해자

지금 마지막으로 눈동자에 비치는 조국의 모습

정겨운 흰 벽의 집들

고풍스러운 붉은 벽돌의 상관商舘[113]

우두커니 서 있는 오래된 버드나무

함께 어우러져 그를 배웅하는 숲의 나무들


오랜 비는 그쳤다

새로운 구름이 수평선에 무리지어 있었다

기적이 향수와 같이

사람들의 목소리를 찾았다

희미해져 가는 산하를 뒤로 한

위대한 다다카제의 모습

우리들의 끝없는 동경을

열정으로 그려낸 선구자

아아 이별의 비통한 시간을

이 한때에 깃든 영웅의 심정을

나는 지금 꼭 껴안아 본다


---

112 후쿠모토 니치난(福本日南, 1857~1921). 일본의 언론인, 정치인. 스가누마의 친구로 남진론자이다.
113 외국상인이 영업을 하는 상점. 에도江戸 시대 말기에 들어온 서양건물을 가리킨다.

# 學文民團

1943.5

# 제국해군

사토 기요시

침용沈勇, 과감, 강철의 의욕이

정밀기계보다도 정밀한 뇌수를 감싸,

우리의 위대한 해군은 간다.

길고 긴 침묵을 깨고,

3천 년의 국력을 쏟아,

이제 드디어 우리들의 해군은 간다.

북쪽은 알류샨 열도,

남쪽은 과달카날,[114]

서쪽은 마다카스카르

동쪽은 샌프란시스코에 육박했다.

정밀, 강담剛膽, 견인堅忍, 과감,

1억의 절대 신뢰를 짊어지고,

우리의 위대한 해군은 간다.

진주만, 특별공격대,

처절! 렌넬 해전,[115] 룬가 해전,[116]

---

114 남태평양 솔로몬 제도의 화산섬. 1942년 8월 7일, 2만 명의 미해병대원이 룬가 곶Lunga Point에 상륙하여 일본군이 만든 비행장을 탈환하기 위한 전투가 개시되었다. 이른바 태평양전쟁 최대 전투인 과달카날Guadalcanal 전투의 시작이다.

(결연히 행하면 귀신도 피한다)

우리의 위대한 해군은 절대적이다.

---

115 태평양전쟁 중 1943년 1월 29일, 남태평양과 솔로몬 제도에 위치한 렌넬 섬Rennell Island 앞
   바다에서 발생한 해전. 일본군은 공습으로 미군의 중순양함 시카고USS Chicago, CA29를 격
   침시켰다.
116 1942년 11월 30일 밤 과달카날 섬 룬가 곶 해역에서 벌어진 해전으로, 연합군 측 명칭은
   타사팔롱가 해전Battle of Tassafaronga이다. 일본의 과달카날 섬 수비대에 대한 보급 수송
   작전을 방해하기 위한 미군의 공격으로 전투가 개시되었고, 일본군은 미군의 순양함대
   를 괴멸시켰으나 수송작전에는 큰 타격을 입었다.

# 學文民團

1943.6

# 벽시[117] 바다

작자 미상[118]

그 날부터

바다는 우리들의 것이 되었다

우리들은 바다의 것이 되었다

길을 걸으면서도

신록의 가지 끝에서 밀려오는 파도 소리를 보았다

된장국을 마시면서도

그 속에서 바다의 울림을 들었다

그 날부터    이 반도에

해군 특별지원병제가 결정된

그 날 이후로

마침내 바다는 우리들의 것이 되었다

---

117 거리에 써붙여서 사람들이 읽을 수 있도록 한 비교적 짧은 시. 전시기 진열상품이 부족해진 백화점 쇼윈도나 역에 주로 붙였으나 대중의 호응을 얻지 못했고, 종이 부족으로 활성화되지는 못했다. 같은 형식의 벽소설도 존재했으며, 일본문학보국회에서는 전의를 고양할 수 있는 작품들을 모아 『벽시집辻詩集』, 『벽소설집辻小説集』(1943.10)을 간행했다.
118 작자는 명기되어 있지 않으나 『김종한 전집』(綠蔭書房, 2005)에 수록되어 있다.

# 조선반도

이노우에 야스후미[119]


깊고       험준한 산

완만하게 면면히 이어지는 언덕

넘칠 듯 가득 물을 품은 강

광막하게 펼쳐진 논밭

남북으로 뻗은 푸르름의 대제방


개나리, 벚꽃, 복숭아꽃, 라일락

살구꽃, 오얏꽃, 철쭉, 배꽃,

가지마다 흐드러지게 피는

조선반도


일찍이 대륙의 풍모 여기에 있고

그곳에 살아 있는 모든 것, 또한

위대한 전쟁 속에 있어

---

119 이노우에 야스후미(井上康文, 1897~1973). 가나가와神奈川 현 출생. 1918년에 창간한 『민중民衆』 동인으로 편집을 담당하며 민중시파 시인으로서 활약했다. 『사랑하는 이에게愛する者へ』(1920) 외 다수의 시집을 간행했으며 평론가로서도 『현대시사와 시강화現代の詩史と詩講話』 등을 남겼다.

그 활기는 산, 밭에만 있는 것이 아니다

전투모를 쓴 청년의 팔과 가슴에

굳센 힘 넘치고

영기英氣 가득하다


새로 심은 소나무는 어리지만

산은 풍성하고

황토밭은 풍요롭다

수확의 대부분은 기꺼이

전선에 보급한다는

병참기지


이 그릇, 어뢰가 된다며

오랫동안 생활 속에서 매일 사용해 온

조상 대대로 물려 온 놋그릇을 헌납하며

국민의 성심을 다하는 열렬한 기운

징병제 실시되어

신병神兵이 될 날을 기다리는 남자

아아, 여기에 있다

대병력, 대민력民力

조선반도

지금 수많은 꽃이 흐드러지게 핀다

# 한강

노리다케 가즈오

이른 봄 물가에 할미새들 날고

부드러운 강변에 누우면 풀은 파랗고

산 또한 봄볕에 아련한데

준설선은 움직일 생각조차 없다

내 마음도 흰 구름과 같이 저 곳으로 건너가려 하는데

할미새가 낯설어 봄의 강물은 물결친다[120]


전장에 간 나의 벗은

이토록 소식이 없고

또 다른 벗은 이미 옛사람

슬픈 것은 아니지만

그 뜻     날로 깊어져 잊을 수 없다

모래톱의 색     물가에 일렁여도

지나간 날은 건져내기 힘들구나

---

120 첫 행의 '이른 봄 물가에 할미새'는 가와히가시 헤키고토(河東碧梧桐, 1873~1937)의 유명
한 하이쿠 「아직 이른 봄 / 물을 건너는구나 / 백로 한 마리 春浅き水を渉るや鷺一つ」를 염두
에 둔 것으로 보인다. 할미새는 하이쿠에서 가을을 나타내는 계절어이므로 낯설다고 표
현한 듯하다.

물새로

내 마음 또한 채우고 돌아가련다

햇살 따뜻한 들판을 따라

봄바람에 슬픔은 씻기고




「국민문학」 수록 시 1(1941.11~1943.9)

# 영춘가

야나기 겐지로

주린 배처럼 텅 비어

새파랗게 맑기도 하네 함경의 하늘

관모리[121]의 먼 산들　　눈 반짝이는 추위와 적막

강가마다　　까치도 울어댄다　　조선 사람들이여

눈물에 젖은 그 얼굴을 들게나

아무리 어둡고 차갑게 지냈다 한들

지금은　　애태웠던 계절의 일은 말하지 않겠네

가슴의 아픔이 되살아나는 날은

총총히　　들판에 나가 바람을 맞으며

방울 소리　　울리는 방울 소리

보게나　　저 국도國道 줄기를

소달구지들　　남쪽으로 향하는 것을

자　　일어서게

일어서 노래하세나　　마땅히 즐거울 내일의 노래만을


두둥실　　구름이 떠오르고

---

121 함경북도 경성군 남부에 있는 리.

# 가족찬가

조우식

손바닥에 서리의 아침이 오고

지붕 위를      고달픈 세월의 주름이 흐르고


따뜻한 조밥[122]으로 차린 밥상에

대가족의 유대는 이어지고

나비 같은 딸들의 재잘댐은 마르지 않는다

신단神棚의 성화는 언제까지나 지켜지고

사키모리[123]의 성장成長은      낭랑하게 싹튼다


사랑하는 가족이여      꼭 잡은 손바닥의 온기가

이윽고      너희들의 온몸을 따스하게 할 때

번영하는 야마토의 유구한 신가神歌는

너희들의 피와 살로 들어가      목청을 울리고 말이 되어

---

122 조선총독부는 조선에서 생산된 쌀을 일본 본토로 이출하였다. 이로 인해 조선인들은 조를 주된 식량으로 할 수밖에 없었다. 조밥은 조선의 빈곤한 생활의 상징이었다.

123 사키모리防人는 고대 일본에서 기타큐슈 지방의 국경 수비를 위해 징발된 병사를 말한다. 663년 백제부흥군 출정 이후 제도화되어 9세기경까지 운영되었다. 『만요슈』에는 사키모리와 그 가족들의 노래가 수록되어 있으며, 애국심의 표본으로서 전시기에 국민을 동원하는 수단으로 이용되었다.

즐거운 아침 밥상으로 영글게 하여

풍만한 꽃과 같이 향기롭다

밤일라치면

손바닥의 서리는     엄숙하게 반짝이리라



『국민문학』 수록 시 1(1941.11~1943.9)

# 비행시

주영섭

하늘은      티없이 펼쳐져 있었다
하늘은      끝없이 이어져 있었다
소년은 언덕에 드러누워 휘파람을 불었다
토끼풀 하얀 꽃에 꿀벌이 붕붕거리고 있었다

새벽 하늘은 보라색으로 잠들어 있었다
적란운을 뚫고
소년 항공병의 가슴은 두근거렸다
해원海原의 한 모퉁이에 태양이 반짝이는 순간
짙은 구름 틈으로 진주만이 열렸다
소년은 잠자리처럼 날아갔다

마을은 봄안개 끼고
원무圓舞하는 비행기의 폭음 속에서
살구꽃이 구름처럼 피어 있었다
언덕 위에서는
반도의 소년이 혼자      하늘을 바라보고 있었다

# 해변 5장

시로야마 마사키

· 앞바다의 돛단배 ·

앞바다를 돛단배가 가네

하얀 호랑나비 같네


· 하늘과 갈매기 ·

갈매기가 타월이 되어

잔뜩 흐린 하늘을 닦고 있다

이제 맑아지겠지


· 통통배 ·

통통배가 달리고 있다

파이프 같은 굴뚝에서

동그란 고리 모양 연기가 뿜어져 나온다

마치 게가 춤을 추며

거품을 뿜는 것 같다


· 해명海鳴 ·

하늘과 바다가 달라붙어서



『국민문학』 수록 시 1(1941.11~1943.9)

하루 종일 무슨 이야기를 하는 것일까?


· 여수旅愁 ·

여행에서 돌아온 집들처럼

해안가에 머물고 있는 배들이

잔물결에 흔들리며

그리운 듯이

선 채로 이야기하고 있다

# 學文民團

1943.7

벽시 **나무**

작자 미상[124]

황홀히

한 그루 나무가 침묵하고 있다.

셀 수 없이 많은 손바닥으로

빛의 난사를 받아들이면서.


그것이 그대로

싸우는 일본의 자세인 듯한

한 그루 나무여. 절대적 생명의 아름다움을

감히 자임하기라도 하듯이.


위압하는 듯한 염천을 향하여

한 그루 나무가

황홀히 침묵하고 있다.

소나기가 올 것 같다.

---

**124** 『김종한 전집』에 수록되어 있다.

# 바다에 우뚝 솟다

야마베 민타로[125]

철썩철썩 깊은 욕정의 물결을 가득 담고

언제나 청년과 같이 새롭게

물보라를 일으키고　　바다 냄새를 풍기고

불굴의 곶에 격정적으로 부딪치며

애정의 만灣과 사랑을 속삭이며

철썩철썩 넘치도록 한결 같이 밀려와

일본의 가슴을 흠뻑 적신다


한껏 부풀어 오른 해원海原 위로

일본이 솟아올라 있다

투스카로라 해구[126] 일만 미터 심연에 임해 아찔하게 가파른 절벽을 세

우며

---

125 야마베 민타로(山部珉太郎, 1905~1947). 마쓰야마松山 출생. 1923년 마쓰야마중학교 졸
업 후 만철満鉄 경성관리국 경리과에 취직했다. 만철 관계 시인들과 동인지 『기관차機関車』
(1927.5~1928.2)를 발행했으며, 1936년 이후 철도국 기간지인 『관광조선観光朝鮮』을 편
집했다. 사후 『야마베 민타로 시집山部珉太郎詩集』(1954)이 간행되었다.

126 투스카로라Tuscarora 해구. 태평양 북서부 캄차카 반도의 동쪽에서 지시마 열도(千島列島,
북해도 동쪽 끝에서 캄차카 반도 남쪽 끝 사이에 있는 군도)를 따라 홋카이도北海道 남동
쪽으로 이어지는 해구 중앙부의 가장 깊은 부분으로 깊이는 8,514m이다. 1874년 미국의
투스카로라 호가 발견하여 투스카로라 해연이라고 불린다.

고고한 높이로 일본이 솟아올라 있다


국토의 정신이 마침내 이 바다의 절정에 이르렀다

모든 아이들이 이 절정을 건너는 해풍 앞에 서서

꿈은 언제나 심연의 해구를 헤엄쳐 건넜다

지금도 우리가 선조들이 섰던 해안에 서서

솟아오르는 일본의 어깨에 서서

결의는 멀리 바다의 심연을 뛰어 넘는다


일본의 야마토 고코로란 무엇인가 묻는다면[127]

들어라　　숙명보다도 강하게 영원토록

철썩철썩 가슴 적시는 바다를 뚫고 솟아오르는 정신의 우렁찬 외침을

---

127 근세 국학자 모토오리 노리나가의 와카和歌에서 따온 구절로 원가는 「일본의 마음 / 야마
토 고코로를 / 물으신다면 / 아침 해에 향기로운 / 산벚꽃이라 하리しき嶋のやまとごゝろを
人とはゞ朝日にゝほふ山ざくら花」이다. 이 와카는 니토베 이나조新渡戸稲造의 『무사도』에서
도 거론되었으며, 전시기 국민동원을 위해 일본문학보국회가 선정, 발표한 『애국백인일
수愛國百人一首』에도 포함되어 널리 알려졌다.

# 조용한 군항
진해에서

아베 이치로

좁은 길이 이어지고 있었다     이 물가의 우거진 갈대     그 저편으
로     한낮부터 사라졌던 길이 ——     이제는 또     갑자기     몸을
날려     바다 속으로 사라지고 있다


좁은 길이 이어지고 있었다     이 물가 갈대의 밑둥에     바다의 구
멍이 있어     마제패馬蹄貝[128]는     때때로 바닷물을 뿜고 ——     바
다는 너무나도 파랬다


좁은 길이 이어지고 있었다     회백색 달빛 아래     이 물가의 우거
진 갈대     그 저편 바다에     물거품처럼     터지는 모자반이     언
제나     역사를     소년의 꿈에 노래해 주었다


바닷길 일만 오천여 리 ——
온갖 어려움을 견디며 동양으로     밀고 들어온 러시아 함대는     이
우거진 갈대     그 저편 바다의     바다 밑으로     투생偸生[129]의 세월

---

128 말발굽조개 또는 말발조개라고 불린다. 학명은 Thyasira Tokunagai.
129 구차하게 산다는 뜻으로, 죽어야 마땅할 때에 죽지 아니하고 욕되게 살기를 꾀함을 이르
　　는 말이다.

을 보내고　　　바다는 너무나도 조용했다

길은 하나　　　바다 속으로 사라져 버렸다　　　이 바닷가 그림 같이 환한 풍광 속에서　　　액자 밖으로　　　사라지듯이　　　함선은 조용히 움직여　　　군함기를 바람에 나부끼며 떠나가는 것이다

좁은 길이 이어지고 있었다　　　길은 갑자기　　　큰 전쟁 속으로　　　몸을 날려　　　바다 속으로 사라지고 ──　　　포자리[130]가 있는 함선이 당당히 새로운 영광의 역사 한가운데로　　　떠올라 파도를 박차고 나아가는 것이다

---

130 포좌砲座. 즉, 대포를 올려놓는 장치를 말한다.

# 일본해 주변

가와바타 슈조

산등성이에 서 있는 성과 같이

안개와 바람을 울리는 대숲도

재잘거리는 작은 새나

달을 부르는 벌레도 없이

험준한 바위에 뿌리 깊이 우뚝 선 등대의 고벽孤癖        등대 주위로

빛조차 그 위를 날지 않는다

시간도 아직 진행을 시작하지 않은 원시의

세찬 조수가 흐르고 있다

수만 년 세월 파도가 난타하는 푸른 하늘

바닥을 알 수 없는 풍혈風穴 ……

결코 일본해가 좁다고 말하게 두지는 않으리

멀리 한반도 북쪽으로 이어지는 단층은

알루미늄, 철, 석탄

그 볕을 보지 못한 자원의 포진布陣

또 소야,[131] 쓰가루[132]를 거쳐 이어지는

---

131  소야宗谷 해협. 홋카이도의 소야 곶과 러시아 사할린 섬 사이에 있는 라페루즈 해협을 말한다.
132  쓰가루津輕 해협. 홋카이도와 혼슈本州의 아오모리青森 현의 사이에 있고, 동해와 태평양
    을 잇는다.

지금 사투 중인 알류샨

이 바다에도 분명 파도가 곤두서는

절체절명의 때가 오리라

허공에 새길 만큼 만세를 부르며

가차없이 공격할 때가 오리라

물의 마음을 바라며 살고

북변北邊 사수를 맹세한 우리에게

눈앞에 펼쳐진 이 커다란 군청빛이야말로

몸도 영혼도 가라앉혀 후회 없을 깊은 장소다

# 學文民團

1943.8

김종한

이끼낀 초가 지붕에는

귀밑머리처럼 잡초가 자라있다

"자식복이 많아서요"

안내하는 구장이 웃었다.

"내년에는 셋째 아들도 나이가 되죠"

포플러가 한 그루 마당가에서

황홀히 몸을 흔들고 있다

텅 빈 유가족의 집

"분명 들에 나갔겠죠"

아무도 없다     아 — 무도 없다

토담 위를 뒹굴며

호박이 두엇 집을 지키고 있다



「국민문학」 수록 시 1(1941.11~1943.9)

# 혜자

사토 기요시

## 벽공정토碧空淨土

태자[133] 서거의 급보에

서원을 한 지 1년이 지났다

내일은 2월 5일, 기도가 끝나는 날,

새벽하늘을 달려,

내 영혼은 벽공정토로 날아가리라,

그리고 태자의 환희와 하나가 되리라,

(감히 말하기는 두렵지만 생각은 멈출 수 없고)

태자비 다치바나노 오이라쓰메[134]가,

유마경[135]의 묘희정토[136]를 그리고,

채색하고, 수를 놓아,

---

133 아스카 시대의 황족이자 정치가인 쇼토쿠 타이시(聖德太子, 574~622)를 말한다. 견수사를 파견하고 대륙의 문화와 제도를 도입함으로써 헌법을 제정하며 중앙집권국가의 틀을 갖춘 인물이다.

134 다치바나노 오이라쓰메(橘大郎女, 생몰년 미상)는 태자가 죽차 천수국 만다라 수장天寿國曼荼羅繡帳을 만들게 명했다. 천수국이란 죽은 태자가 왕생했다고 하는 일종의 정토를 의미한다.

135 대승불교 경전의 하나로『불가사의 해탈경不可思議解脱経』이라고도 한다.

136 묘희정토妙喜淨土는 아축여래阿閦如来가 모든 유혹을 극복하여 영원히 원한이나 분노를 품지 않을 것을 맹세하며 동방세계에 내세운 정토를 말한다.

정토에 왕생한 태자를 동경했다고 한다,

지금, 내 인생 마지막으로 보는 태자의 모습도,

그 정토에 계신 존영이다,

(정토의 하늘은,

이 맑은 하늘처럼 무궁하리라,)

나의 맥이 끊어지고, 숨이 멎을 때,

나의 영혼은 태자의 영혼과 하나 되리라.


## 야마토 겐쓰지大和建通寺[137]


태자의 스승으로서,

(그리운 야마토 겐쓰지여,)

아침저녁 친밀하게 가까이서 모시며,

학예 속에 들어 간 지 20년,

(그러나, 그 동안에 어떠한 동란이 일어나,

어떠한 위기를 겪으셨던가)

총명함이 그 이름과 같고,

자비로움은 그 목소리와 같아,

스승이라 불리기조차 과분한 이 몸에,

---

[137] 현 간고지元興寺를 말한다. 나라奈良 시대 일본에 불교가 전래된 후, 백제계 호족으로 알려진 소가노 우마코蘇我馬子에 의해 건립되었으며, 596년 혜자惠慈와 혜총惠聰이 머물렀다고 전해진다.

단지 외곬으로 사랑과 존경을 쏟아주신다.
동쪽을 향해 합장하고 있노라면,
늘 눈시울이 뜨거워지는 것을 느꼈으나 ——
귀국 7년 후,
지금, 이 비보가,
천리의 구름을 꿰뚫고 오다니!


### 숙명으로부터 천명으로


우리는 한 세기 동안,
불상, 경전, 황금을 보냈고,
화공, 도공, 건축사를 보냈고,
박사, 의관을 야마토에 보냈으나,
그 보답으로 우리는 무엇을 얻었을까,
우리가 얻은 것은,
그 모든 것을 넘어서는
열렬한 것, 놀라운 '사랑'이다.
게다가 시간이 흐름에 따라,
사랑과 증오가 서로 얽혀서,
(그 속에 그와 내가 부침하면서)
그 누구도 저항할 수 없는,
강하고, 큰, 숙명의 흐름이 되리라,

(그리고 천년이 지난 후에는) 그것이,

천명의 바다로 흘러들어가리라,

(그때, 원하고, 원치 않고는, 문제가 아니다,)

숙명은 끝내 천명으로 합치되고야 말리라.

──── 천명이 된 숙명을 거스르는 자는,

도저히 살아 갈 수 없을 것이다.


## 성스러움


20년의 생활이 실증한다,

감격성은 공통의 기질인 것 같다,

단지 정도의 차이일 뿐이다,

그리고 거기에 우리의 아름다움이 있다.

바다처럼, 압도하는 '사랑' 속에서,

누가 죽음을 두려워하고,

누가 목숨을 아까워하랴,

5년 전,

30만의 수나라 대군을 물리친 우리다,

(당시, 포로, 북, 피리, 대궁, 투석기,

그밖의 것들을 헌납했던, 기쁨이여,)

자신을 알아주는 자를 위해서는,

필부도 기꺼이 일신을 버리리라,

내일, 태자의 뒤를 따라

이 세상을 등지려는 나를,

성인이라 부를 사람은 누구일까.


## 개똥지빠귀


기다리고, 기다리고, 기다렸다,

먼 새벽은 다가오고,

추위는 뼈 속에 파고드는 듯하다.

그러나 사납게 불어 대는 폭풍 속에,

개똥지빠귀 소리가 들린다,

향유를 발랐을 때처럼, 번쩍

갑자기 머리가 맑아진다,

얼음을 녹이는 빛줄기처럼,

개똥지빠귀여, 다시 한 번 울어다오,

새벽이 부윰히 밝아왔다,

그러나, 이제 개똥지빠귀는 울지 않는다,

아무리 기다려도 개똥지빠귀는 울지 않는다,

정토여, 아, 개똥지빠귀여.


주) "(스이코推古 천황 29년) 이 시기에 고구려 승려 혜자(아마도 평양으로 귀국)는 가

미쓰미야 황태자(쇼토쿠 타이시)가 붕어하신 것을 듣고 맹세해서 말하기를 …… 지

금 태자는 이미 붕어하셨다. 나는 다른 나라에 있다 하더라도 마음은 단금(斷金)에
있다. 나 혼자 살아서 무슨 이득이 있을까, 나는 돌아오는 해 2월 5일(일설에는 22일)
을 기해 필연코 죽게 되리라. 그리하여 태자를 정토에서 뵙고 함께 중생을 교화하리
라. 이에 따라 혜자는 기약한 날에 떠났다. 이로써 이 시대의 사람들이 모두 말한다.
가미쓰미야 태자의 성스러움뿐이 아닐 것이다. 혜자 또한 성스럽다." ─『니혼쇼키
(권22)』(괄호 내는 필자 주)

"(스이코 천황 26년) 가을 8월, 고구려가 사신을 보내어 만물을 바쳤다. 그리고 아
뢰기를 수나라의 양제가 30만 무리를 일으켜 우리를 공격했다. 도리어 우리에게 패
했다." ─ 상동.

 # 부싯돌

이와모토 젠페이

이른 아침 엄마는 아무도 몰래
잇달아 손뼉 치며 기도하신다

나이가 들었다면 엄마를 닮아
긴 기도와 함께 이어질 손뼉

하지만 이 아이는 시와도 같이
짧은 기도에 그저 두 번의 손뼉

이제 오직 뜨거운 일념이 짝짝
마음과 마음 모아 부싯돌처럼

신 앞에 불 밝히는 믿음의 등불
그 밝은 불빛이 일어나는 곳

초목들도 바위도 소와 말까지
모두 나라를 위해 일어서리라

모든 것들은 이제 무기가 되어

불꽃이 되어 적을 물리치리라



「국민문학」 수록 시 1(1941.11~1943.9)

 # 너에게

시바타 가와치

우선 일어서 가시게나

다 내려 놓고 망설임 없이

건네 받은 초안일랑 버리고

맨손으로 괜찮네

새싹이 지각을 뚫고 나오듯

무엇보다 우선 일어서 나아가시게나


그리고, 보이는 이것들을

정면에서 응시하게

왜냐고 되묻는 법 없이

결코 자네 손으로 고치지 말고

그것 하나하나가 위대한 것을

그 모습 그대로 받아들이게


쉬어서는 안 되네

더욱더 수긍하며 나아가시게나

그곳에서 자네의 혼은

샘처럼 맑아지니, 그런 가운데

옷을 입고 있는 모습 원래의 벌거숭이로

한없이 되어가는 그대로

찾아내어 감싸겠지


날마다 새로움은 더해지고

일마다 창조되는 엄숙함을

두려워해서는 안 되네

아무리 격렬하게 몸이 떨리더라도

나아가서 휴식을 바라지 말게

그것은 자네 자신의 모습이기도 하니


차례차례 깨달아가고

살아가는 일에 승리가 있도록

거친 폭풍에 온 몸을 던져

더욱 강해져야 하네

그리하여 한걸음 한걸음이 자네 자신의 길이 되기를



「국민문학」 수록 시 1(1941.11~1943.9)

신인추천 **전투 중이기에**[138]

소에야 다케오

*

나도 모르게

불을 붙이는 일도

조심스럽다

한 개피의 성냥도

소중하게 여기며

*

하늘에 오를

내일을 고대하며

학도병들은

쉬는 날도 없구나

비행연습 중

*

단비가 내려

이어지는 빗속에

밤이 찾아와

---

138  단카 5수 연작.

등불 밝혀 올리며

신께 감사드리네

*

어느 때보다

큰 싸움을 맞이해

병사가 되어

나아가는 몸들은

부럽기 그지없네

*

전선은 열매

총후는 뿌리라네

그 뿌리에서

굳건히 지켜내어

끝까지 물리치리

# 國民文學

1943.9

# 등대

스기모토 나가오

등대는 서 있다

단단한 암벽 위에

낮에도 밤에도

물결 잔잔한 날도 바람 부는 날도

아메리카의 해안에서

밀려오는 격랑이

그 발 아래서 미친 듯 울부짖는 날도

바람 온화하여    물결 소리도

음악처럼

별밤을 노래하는 때도

등대는 엄연히

끊임없이 조용한 시선을 바다로 보낸다

먼 바다를 가는 배들

호화선도 작은 고깃배도

너의 빛을 길잡이 삼아

마음 편히 여행을 즐기겠지

감미로운 꿈에 취함 없이

광대무변의 해양을 바라며

한결같이 바르고 강하게
조용한 싸움을 이어가는 자
황혼의 슬픈 교태와
천둥의 격심한 분노도
너의 의지를 멈출 수 없다
낮에도 밤에도
물결 잔잔한 날도 바람 부는 날도
마땅히 있어야 할 자리에
등대는 엄연히 서 있다

# 덩굴의 생명

스기모토 나가오

붉고 메마른 땅을 기어

끝없이 뻗어나간다

뻗어가고자 한다

닿는 것마다 휘감고

엉기며 어디까지든

살아있는 한 뻗어가고자 한다

덩굴은 아래로 뿌리를 내려

땅을 파고들어 커다란 열매를 맺고

생명의 샘을 길어올린다

꽃잎은 더할 나위 없고

저녁 햇빛에 물든 듯 반짝이니

근심을 알지 못한다

흘깃 본 채 지나치기에는

너무도 신비로워

여름날의 대지에 서서 나는

이 존재에 손을 댈 수 없다



『국민문학』 수록 시 1(1941.11 ~1943.9)

# 學文民團

일본어 원문

# 雪

佐藤淸

わきばらをえぐる寒さを

（かんかんと澄みきり）

知らん顔の京城の空、

十五年、

其の同じ顔を見つめて來たが、

とうとう顔色に異變が起きた。

繰りかへし、繰りかへし、

繰りかへされる大雪の日よ、夜よ

しづかにあける木立木立に

ふりつもる大雪の音のない足音よ、

子犬にたはむれるまつ白い大鴉、

雪片を茶に染めて鳴き合ふ小鳥たち、

うれしまぎれに舗道を走り、

いくたびか足をさらはれる人たちよ、

少年の日のやうに、

京城は今こそ

全くわたしの故郷になつた。

# 空

佐藤清

軒下のつみ煉瓦の上、

洗はれた舗装路の上、

いちめんに廣がる夕ぐれの空 ──

少女たちの裳裾を染め、

赤銅の乞食の皮膚を染め、

ぎりぎりと軋りつゝ過ぎゆく

まつかな電車電車を染めて

いつまでも暮れのこる夕ぐれ ──

青空は低く低く地に垂れて、

天にかへるを忘れてゐる。


カメラのやう、脳は

くらやみに包まれながら、

襞ことごとく

青ひといろに透きとほり、

それをとほして

全都の縮圖 ── 五彩まばゆき

蜃氣樓、あざやかな

まぼろしとしてあらはるゝ。


やがて
脳より肩に、
肩より腕に、
ペンを持つてゐるわたしの右の
拇指、人差指、中指の、
それぞれの尖端に流れてくる
大空の靑よ、天を忘れて、
地のすみずみにみちた靑よ。


この照りかゞやく都會に向つて
深く動かされる法悦の豫感、
それを微細に、精密に、
調整する脳の力に、
いきもとまるばかり。
しかも胸はおどらず、
脈はとゝのひ、血は、
規律正しく流れてゐる。
そのまゝで、わたしは不圖自分に歸つたが、
一瞬、意識が絶えたのであらう。
まぼろしはもう跡方もなかつた。

# 玄齋

佐藤清

わるずみをすりおへた玄齋は

チビ筆を大事にかゝえて、

朝鮮紙にものゝ形を書き始めた。

―― 柳がなびき、

舟がもやつてある。

釣竿が流れかけ、

天神ひげの老人が

大の字になつて

舟べりに眠つてゐる。――

ぶつぶつの多い

墨あとも無頓着に

書いてしまふと玄齋は

煙草をくゆらし始めた、

自分も眠たさうに。


京城の店頭でわたしの見た繪よ、

そしてそれつきり姿を消した繪よ、

書いて、書いて、書きまくつて、

何の屈託もない貧しいたましひ——

これに魅せられぬものは誰か。

名聲よ、藝術の花嫁よ、

汝は百年間、

とつぐべき配偶を忘れてゐる。

# 手に手を

朱耀翰

手に手を連ねませう

足拍子取つて踊りませう

トトタムタム

タムタムトトタム


シビルの若衆よ

ジヤバの娘御よ

手に手を取れば夜が明ける

アジヤの夜が明ける

トトタムタム

タムタムトトタム


ウラルに旗樹て

バイカルにプールを作りませう

手に手を取れば日が昇る

太平洋の朝日が昇ります

トトタムタム

タムタムトトタム



「국민문학」 수록 시 1(1941.11~1943.9)

拍子を取りませう拍子を取りませう

印度の象さん前足で

ゴビのラクダ君長首で

アザラシさんから手紙ですカンガルー氏へ

トトタムタム

タムタムトトタム


マレーの海に燧火が上つたら

カムチヤツカでマラソンが初まる

手に手を連ねて

足拍子宜しく

三段飛びの御稽古

アジヤが明ければ

世界も明ける

トトタムタム

タムタムトトタム

# タンギ

朱耀翰

御國に召されて往く時にや

赤いタンギを贈りませう

肌身につけて戰さすりや

彈が降つても當らせぬ


北から歸る雁がねは

蘆の根本に宿らせやう

夢に歸る御主さまは

鴛鴦枕に休ませやう


アムルの氷も夏にや解ける

解けても便りの來ぬ夏は

黑のタンギに白い看護服

私も國の努め果します


西江の夕日の赤い血は

湧ましく流した貴方の血

無言の凱旋、村の驛頭に

白いタンギで萬歳唱へませう

(注＝タンギは女子の髪を結ぶリボンのこと。白のタンギは喪章)

# 東方の神々

金村龍濟

東方の神々の惠の衣を身に受けて

なつかしき祖先の古の生けるが如く

いみじき碑の端に子孫の譽を繼がんとぞ思ふ


空の幸、海の幸ほのぼのと樂に乗る

神々の色にほふ朝雲をわれもまた

地球の處女の岩に手を擧げて吸はん


山の幸、野の幸花々の微風に搖れ

鶴高く鹿踊る繪をわれもまた

亞細亞の里に種蒔き歌はん


ああ、ふるさとの魂潤ふ土の滋味よ

麥笛の謠、桑の實の甘さは忘れまじきを

西方の魔法に醉ふすべの何と憐れなる


神々の美しき壺に妖しき蜘蛛の巣を張りて

己れの良心の窓を欺く不幸なる旅人よ




「국민문학」 수록 시 1(1941.11~1943.9)

悲しき影を救はんとす東方の星々を見よ


永き生命（いのち）の根榮（さか）えて縦絲（たていと）の夢を織り

古き傳統の泉に絶えざる眞水の如く

ひそやかに戀はれる郷愁こそ運命の暖さなれ


太陽の火の玉散りて天文の寶石を布く時

光の母音の洗禮（ゑ）に笑みて顔色の黄なる

地上の最初の星々はわれらが祖先なりき


遠き人類の指紋を化石の秘密に見て思ふ

この一粒の樫も百孫の樹々を限りなく傳へ

億萬の年輪を石炭の綾（あや）なす日もなほ終らじ

ああ、今の世の國々に戰ひの嵐吹くとも

東方の民々血の通ふ愛にふれ合ひ

大（おほ）いなる神々の心に從へば人々の憂（うれひ）なし

（亞細亞詩集・第二十八篇）

# 勇士を想ふ

杉本長夫

いつの頃よりか私の處を訪れるやうになつた彼

無口ではあつたが

穩かで蒼空の光を湛えた瞳は

すこやかな彼の魂をうかゞはせた

高い梢に春をあたえる

しのび足の風のやうに

彼の訪れは人々の心を暖くした

彼の胸には思も近き戰の場の

猛き武勳のしるしが

燦として輝いてはゐたが

時折の會話のかげにも

敢てそれを誇る氣配もなかつた

しづもれる大地の如く

彼の大いさは常に鳴りを鎭めてゐた

秋　たちそめた風の或る日

若干顔をほてらせながら

彼は再出征のことを語つた

人々は祝福と激勵の言葉を與えた

それ以來　絶えて空しく便りはなかつた

だが私は遙かに想ふ

落日を脊に霧に濡れて

欝金の望樓に立つ嚴しい彼の姿を

眞晝時　蓮池のほとりで

支那の小孩と戲れる彼の頰笑みを

立ちのぼる喚聲のうち

硝煙をついて光る彼の烈しき眼を

1941.11

# 自畫像[1]

林學洙

汝が　微笑は、

ながき　絶壁の　うへ

水盤に

音なく　散る

百百の　ふさ。


汝が　髮は、

彼の　遠き　高山（かうざん）

眞晝の　蒼き　靜寂（しじま）が

積り　積つて　滴る　影。


暴風と

大洋と

曇れる　天候と

今は　耳に　なく、

---

1　이 시는 일본어로 쓰여 있지만 한국어 어법에 준해 띄어쓰기가 이루어져 있다는 점이 특징적이다.

眼は　隼の　ごと
大空を　かけつては
また　圓を　描いて
倉皇と　戻り、
灰色の　霧に　包まれて──


ああ、情熱の　終焉、
高く　天の　涯に
聳えて　憩ふ　此の　孤獨！


汝が　額に
朝な　夕な
ひとり　霧　來り　かゝり
また　流るる。

# 年頭吟

大内規夫

息づまる國の内外の年明けてわが祝ぐ朝の山河まさやか

正しかる民族のこころ徹さなむ重大のときをわが思ふなり

うち巡る山の峰々に動く雲の美しきは思へ民ら靜けし

身に近きあまた征きつつわが征かむ日を待つこころ畏かれども

門のべの溝の流れも澄みしづみ雲うつす白しみ冬晴れつつ

かすかなる希ひといふも味清き櫻の鹽漬を今年作らむ

思ひ出でも人の名前の澤山なれど思ひ出せぬあり金素英ちふは



『국민문학』 수록 시 1(1941.11~1943.9)

# 折々に

椎木美代子

息災の家族年祝ぐありがたき眼うらの光に虔しみむかふ　（元日詠）

諭しつゝ時局に及べばわが聲音なみだとなりて昂ぶりゐたり

蒼茫の夕空に昨日の貌ありきただにわが眼に無爲と愛しき

商品倉庫にて午砲を聞けるけふの日は心澄みたる默禱終へつ

その一言眉宇緊りたる兵と別れ歸路冷冷とわが昂ぶれり　（面會）

# 玉順さん

竹内てるよ

玉順小母さんは

このむさしのゝ一角に

耕地整理の　工事で來た。


玉順小母さんは

しろいきぬスカートをさやさやさせて

坊やを下の方におぶい

にこにこ日向を　あるく

農家のおかみさんと冗談を云ひあひ

追ひかけつこをして、笑ふ


夕方　玉順さん一家は

くれ殘る一つ星の下で

そろつてたき火をする、白菜をにる。


玉順さんと私たちが

野みちで　立話をしたり

廻覧板をよんできかしてゐるときに

何か少しでも　ちがつたところが
あると思ふ人があつたら
その人は、大きなまちがひをする。


玉順さんは　母であり
私たちも　みんな母であり
日本の母たちには　何のへだてもない。


玉順さんは　野火にあたつて笑ふ。
そして私たちも手をあぶつて笑ふ。
春の　にほやかな新月の夕ぐれ。


1942.1

# 園丁

金鍾漢

年おいた山梨の木に、年おいた園丁は
林檎の嫩枝（わかえだ）を接木した。
研ぎすまされたナイフを置いて
うそ寒い、瑠璃色の空に紫煙（けむり）を流した。
『そんなことが、出來るのでせうか』
やをら、園丁の妻は首を傾（かし）げた。

やがて、躑躅が賣笑した。
やがて、柳が淫蕩した。
年おいた山梨の木にも、申譯のやうに
二輪半の林檎が咲いた。
『そんなことも、出來るのですね』
園丁の妻も、はじめて笑つた。

そして、柳は失戀した。
そして、躑躅は老いぼれた。
『私が、死んでしまつた頃には』
年おいた園丁は考へた。



『국민문학』 수록 시 1(1941.11~1943.9)

『この枝にも、林檎が實るだらう。

そして、私が忘られる頃には…』


なるほど、園丁は死んでしまつた。

なるほど、園丁は忘られてしまつた。

年おいた山梨の木には、思ひ出のやうに

林檎の頰ツペたが、たわわに光つた。

『そんなことも、出來るのですね』

園丁の妻も、今は亡かつた。


　　　反歌

たらちねの母に障らばいたづらに

汝も吾も事成るべしや　　　　　萬葉

# 古譚

金圻洙

しんしんと、しんしんと、ふりつもる粉雪よ、

いつまでも、いつまでも、ふりつもる粉雪よ、


櫺子が、ゆさゆさ搖れ

梅の花が咲いてしまつた、

素絹のやうに獨りつきりになり ——


明るい明るい粉雪よ、

無口であるくせ心の中では靜かに囁き

ヂルコンに、李藍に、靑藍にみだれ

戀のやうに裸跣のたはむれ、


今もなほしんしんと軋つていく私の乳母車、

—— 杏のやうな母がほゝゑみ

淡い小道が暮れ、チンチンと歸つていく。


白い雪、白い雪、

いつまでも歸らうとしない鴉だち、一羽二羽三羽と鳴きくづれ、



「국민문학」 수록 시 1(1941.11~1943.9)

少年の日の凧揚げの日和のやうに、

明るい摘草のやうに、

遠い遠いふるさとよ。


しんしんと、ふりつもる<ruby>沫雪<rt>あはゆき</rt></ruby>、

いつまでも、ふりつもる沫雪、

猫の脊にもふり

遠い汽笛にもふり

毛深い梢にもふり……


明るい明るい版畫のやうに染め、

うづもれた四角窗の秘戯よ、

行燈はちらほら搖れ

おばあさんの古譚が咲く。

# 連峯雲

田中初夫


はるかなる彼の山々の峯に

たゝずまひいざる小雪のおこなひ

今日も著<sup>しる</sup>きを見ずや


寒梅前窓に匂ひ

竹影後院に搖れて

聲なくはた塵なかりし机邊も

砲彈の音日々に激しく

進軍の喇叭絶えず鳴りひゞきては

わが憂ひ國事にかゝはること深く

いきどほり涙と共に發<sup>おこ</sup>りゆきて

四季の移りもいつしか忘らへはてぬ


横雲峯をかすめ

黑雲峰に下りゐ

雲形刹那に造られて又崩るゝ空へ來往<sup>ゆきあひ</sup>には

すでに嵐も競ひ吹かむとするか

峯ゆく雲あはたゞしけれど

わが道なんぞ蔽はるべきや

机上に積りし塵をはらひ夾板をはねて

書中に倒影する雲の影を極め盡さむ

雲のおこなひ著<sup>しる</sup>くとも

何事ぞなほざりに韋編を朽<sup>くた</sup>して思索を止めむとはする

# 海に歌ふ

趙宇植

悲哀あるとき
僕ひとり海邊に出れば
あなたには豊饒な歌がある。
しじまのやうな圍繞地の言葉が。


きれいな眼がウルトラの呼吸をすうて生きる海よ。
僕が行けばあなたは神話をさゝやき
放棄された生立ちを語らない。


貝殻は僕が好きだといひ
僕はあなたの耳を拾ふて愛し
あなたの歌を聽いてはみるが
やはり神の話のほかきこえない。
叫ばせてもくれないあなたの歌よ。


僕は逃れて海藻と共に戲れ
あなたの耳に口笛をならし
僕のやうな歌聲は雲を追つてゐる

砂ぼこりを立てて僕は走る。

そして僕は礫く。[2]

やはりあなたは慈悲であつた。


逃れてはいけない。

あなたの歌をおぼえるために

僕は青春と共に

逃れてはいけない。

---

2　'礫'는 조약돌을 뜻하는 글자로, 동사로 쓰이는 용례가 없으므로 '轢く'의 오식으로 추정된
　다. 단 이 경우에도 '轢(し)く'는 '차 따위가 치다'라는 의미이며, '轢(きし)る'라고 읽으면
　'삐걱대다, 서로 맞지 않아 부딪히다'의 의미로 해석할 수 있다. 번역은 전체적 맥락을 고
　려하여 '원활하지 않다'는 뜻으로 옮겼다.

# 我はみがく大和に通ふ床を

寺本喜一

この床をみがきみがきてひたすらに思ふ

この床は大和に通へ

我、膝を屈してこの床をみがく

我、能なければひたすらにみがくはこの床

この半島の床は鏡のごとくあれと

床をみがきつゝ我が心いと憂はし

我が心なにかしきりに騒ぐなり

我が胸何故か、たかぶりてやむことなし


この月日、何に狂ふかヤンキーのやから

ジョンブルの惡病にとりつかれ

我が和魂を侮づりて南方圏を攪亂す

南方圏は我が神々の天の浮橋

海原をゆかん、青海原をゆかん

我等が黒潮にのるは故里に歸るなり

今こそは水漬く屍と潮をゆかん

神功皇后の御船を捧げ

新羅に向ひし魚族のごとゆかん

南の海は火を噴けり

我が荒魂知らずして何をほざくかヤンキーのやから


今に思ふ六百六十年の彼の昔

弩弓を放ち銅羅をうち襲ひ來りし蒙古勢

今は天下の一大事と諸國の面々立ちあがり

この日本を異賊奴に何とて奪はることやある

牙をかみ齒金をならしていきりたつ

龜山上皇伊勢に祈り給へば不思議や神風

今こそは我等が東條英機を相模太郎とうちたてゝ

紅毛必らず打ち取りてこの神國の土とならむ


我、才うすければひたすらにみがくはこの床

我、身を屈してみがくは大和に通ふ床

我が心しきりに焦らだつも

我が心しきりに憤りにみちてあれども

動亂の中に深く屈して床をみがかん

耐へてゆかん耐へてゆかん

乏しさに目をつりあげて荒々に物云ふことなく

焦だたしさ裂けんばかりの動亂の中にありても

静かにこの大和に通ふ床のために祈らん

# 獅港

佐藤清

ジヨホール水道を走る

鐵舟群に信號は上がり、

獅港は、今、最後の苦悶を始めた。


へきぎよく
碧玉をながす印度洋を越へ、

アラビアの端でそれを聞いてゐるアデン、

紅海の熱砂のあらしの中で、

白熱して聞いてゐるアリギザンドリア、

ふるへるアフリカの空を見つめたまゝ、

鼓動をしづめて聞いてゐるマルタ、

いくたびかおびえ、おびやかされながら、

尚も二つの大陸を見張りつゝ

逆上を押しししづめて聞くジブラルタア、

ビスケーの浪に、

チヤンネルの霧はしづみ、

廢墟のやうな

テムズの岸に、

ウエストミンスタアの鐘は泣き、

破られたビグ・ベンの針は動かず、

生へて久しい路傍の草も離々として、

防空の足に蹂躙される、

バンク、ホルボン、オツクスフオード・ストリート、

世界のはしばしへ配電する

緊張に擦り切れる神經の中に

今、胸をしめ上げてくる苦悶を

聲を呑んでかくさうとするブリテン、

一念よりも早い飛電を

興奮にまぎらして聞かうとせぬニユーヨーク、

痙攣するトロント、バンクーヴアー、サンフランシスコ、

いたでを受けて、更に、耳を疑ふホノルル、

失神の三歩手前でくるはしいバタビア、

狼狽して悲鳴を揚げるアウストラリア、

遙か、マダカスカルの向う、

さかまき流れるレギユラス海流のはしに、

ほのかに、おのゝいてゐる美しいケープタウン——


かくて、マラツカの淺黑い汐は

洗禮の役目を果して、

眞鍮の喇叭を吹きすますやう

最後の苦悶を洗ひ去つた。

★



見よ、目にくつきりと殘る背景、
今、大きく廻轉する世界の舞臺に
立ちすくむ悲運の双生児 ——
チヤーチルとルーズヴエルトを、
彼は悔恨のおもい鉛を飲んで、
これは慚愧の汗をかぶつて、
言葉なく
大西洋の岸に立つてゐる、
右手と左手を固く結んだくさりは
大蛇のやうに兩斷されて。

# 宣戦の日に

金村龍濟


仰ぎ見れば神々の玉麗はしく

すでに二千六百の星とはなれり

いのちの黄金の絲に結ばれて

天<ruby>天<rt>あめ</rt></ruby>の極みに神々しく輝けり

大君のしろしめすこの國なれば!


いま一億の一つの手の上に親しく

また永遠の一つの玉は捧げられたり

熱き血潮のるつぼに鍛へられて

正義の劍は心寒く光れり

玲妙なる玉を曇らす雲あれば!


ああ、二千六百一年十二月八日!

歴史の母は大いなる試錬の火を生みたり

かしこくも詔拝戴く感激の光榮

我らよく祖國と平和の敵を撃つべし

大君のしこのみ楯願みはせじ!


1942.2

目をつむれば地平線の彼方に水平線のはろばろに

戰ふ神々の姿感謝の涙と共に浮べり

目を開けば銃後の街に野に歌燃えて

明日の戰列へ進む足どりは鋼鐵を流したり

ああ、國をあぐる宣戰のこの日守りは固く！


支那の血を吸ひ印度の骨を碎きし者よ

ハワイの眞珠を奪ひフイリピンの娘を犯せる者よ

今また我が神國を侮り窺ふ痴人の夢見るか

汝等米英帝國主義を問ふ審判の曉に

殷々たる太平洋の砲聲は最後の言葉を發せり！


ああ、聖戰の旗風火花を散らして征くところ

亞細亞十億の眠れる獅子亦起たんとする！

空や裂かん海や呑まんこの歌は

太平洋の波やがて美しき東洋の鏡と晴れるまで

人類を救ふ神々の子は死すとも尙やまじ！

# 英東洋艦隊撃滅の歌

百瀬千尋

前に後に編隊つづき身に沁みて今日爆音のしたしみおぼゆ

雲を衝き暖風衝きて征くところ命鴻毛のしつにゆたけし

高射砲彈の炸裂耳を突くごとしクアンタン沖の暑きみ空に

艦板にまさしく炸く投彈のひとつひとつを見極めて過ぐ

旗艦ウエルスを呑みて鎮まる海の上まさに男子の胸すく思ひす

泰佛印との締盟成りて御稜威のもと大東亞戰爭の緒戰かがやく

1942.2

# 梅の實

杉本長夫

梅の實はたわゝに着けり

この日頃雨晴れの空

梅の實はつぶらに色づかんとす

今日も老媼は一日

弓なせる脊にもたゆまず

長き竿うち振りて

梅をたゝけり

竿の動きは遅けれど

燃ゆる眞情の腕に籠りて

はたはたと竿なり響き

その音の山にこだまし

はらはらと梅は落つ

うちふりて　うちふりて

たゆみなきその姿

梅ほして送らばや

戰へる將兵のもとに届けばやとて

黃昏の蔭翳のうちに

仰ぎては打ち梅をとる。

# 神の弟妹

兒玉金吾

――大東亜戰の劈頭マレー戰線にて散華せし小野久繁君(前京畿中學教諭)の靈におくる――

　　　　　○

彼の部屋に

入りて歩兵伍長勳×等の

寫眞の彼に額づきにけり

　　　　　○

行つて來る皆によろしくと

驛から

寄せしが最後の便りとなりぬ

　　　　　○

中支那の戰野に三年

歸還して

三月ふたたび勇みて征きしが

　　　　　○

書いて見たらどうかと言へば

大いに書くと

彼の答へし戰爭文學

1942.2

○

詳報はなけれど

○○敵前上陸の

際かと言ひて默せる弟

○

この四年、母の身罷り父の逝き

長兄を靖國に

おくりし子らなり

○

美丈夫の友にさも似て

麗はしき

妹の頰をながるゝ泪

○

手をつきて別れを述べぬ

靖國の

神の弟神の妹に

○

彼を語り

彼の愛せし文學を

語らん──一夜われら集ひて

○

今日よりはたゞにあるべき

千早振る

護國の鬼の友なり我は

1942.2

1942.4

# 野にて

楫西貞雄

或はこの野邊に死ぬかも知れない

だが　墓に柳はいらない

野には背丈をしのぐ雑草があり

時に獅猛にして愚直なる狼達が吼え

牙の如き三日月がかがやく

私がこの野邊に倒れたならば

此等雄心勃々としてしかも埋もれた仲間たちが

私を圍み　喰らひ　照らしてくれるであらう

私はその中に莞爾として大の字となり

野末の白骨とならう

私の墓に柳はいらない



「국민문학」 수록 시 1(1941.11~1943.9)

# 紛雪

川端周三

なにもかもが光をおさめて

もとの光源にかへつた姿だ

夢に起つた出來事かも知れぬ

皎皎　皚皚

この色彩に目もくらみ

つきつめた場所におのれを追ひ込む

あゝ虚無に捧げられた人間の歴史が

ひしめきもだえ

粉々　亂れて散つてくる

この美しい無駄のうちから

時を藉りて

おれはどんな繪卷をつくればいいんだ

どどどどと　遠い奥どに雪崩るる響き

# 合唱について

金鍾漢

君は　半島から來たんぢやないですか

道理で　すこし變つた貌をしてゐると思つた

でも　そんなに心細い想ひをすることはないですよ

ほら　松花江の上流からも　はろばろ

南京の街はづれからも　來てゐるではないか

スマトラからも　ボルネオからも　いまには

重慶の防空壕からも　やつて來るでせう

では　みんな並んで下さい　　──おお

砲口のやうだ　整列した・口・口・口・口・口・口・口

それは　待つてゐる　待ちあぐんでゐる

タクトの指さす方向へ　未來へ

やがて　聲の洪水が發砲されるでせう

くりひろげられた　煙幕のやうに

餘韻は渦卷いて　渦卷いて流れるでせう


このステエジの名を　君は知つてゐる

このステエジの名を　私も知つてゐる

ほら　タクトが上つたではないか　指揮刀のやうだ

（もはや　私には云ふべき言葉がない）

ただ　歌ふことだけが殘されてゐる　聲を限りに

ただ　歌ふことだけが殘されてゐる


　　　　　　　　　　　—詩集『一枝について』抄

ほら　タクトが上つたではないか　指揮刀のやうだ

（もはや　私には云ふべき言葉がない）



ただ　歌ふことだけが殘されてゐる　聲を限りに

ただ　歌ふことだけが殘されてゐる

# 風俗

金鍾漢

街をあるいてゐると

とつじよ、天のひとすみから

おひるのさいれんが鳴りだした

お祈りのときがきたのだ


くづれかかる波がしらのやうに

くるまも人も、あざやかに立ちとまる

お祈りをささげるために

お祈りをささげるために


京城といふ都が

ひとつの大きな心臓となつて

合掌でもしてゐるやうな

つつましい、このひとときを


遠いいくさのにはでは、花びらのやうに

火を吐いて散つてゆく一機もあるだらう

そして、ふるさとへ歸る英靈みたまたちは



「국민문학」 수록 시 1 (1941.11 ～ 1943.9)

あたらしい、この風俗にほほゑむだらう


柳の銀座でも見られない

むろん、京にだつてありやしない

みれえの繪よりも、さらにおくぶかい

このひとときのつつましさを


さうごんな伴奏でででもあるかのやうに

なほも、さいれんは鳴りわたつてゐる

お祈りのための子守唄のやうに

なほも、さいれんは鳴りわたつてゐる

# 鶯の歌

川端周三

雪の見ゆる山は寒く霞み、

疎林に陽は潜く、

ゆきずりの風ににじむ、

封じられた冬の頁の重たい匂ひ。

理窟なんて遙か下の方にたなびき、

ただ神の如き至純の歌が、

紫色の暗い谿底から、

寫樂色の天體を逆さにしたやうな深みから、

かはるがはる響いてくる、

鶯が啼いてゐる。

樹々ははげしく芽吹き、

荒々しい程に濃ゆい霧が湧きあがつてくる。

日の在りかを求めるやうに、

溪流はもう一度上流を、

私は冬の方を見かへり、

そこからまぶしく耀やきながら氾濫してくる

自然も默してゐられない

私も歌ひたいのだが、



『국민문학』 수록 시 1(1941.11~1943.9)

ああ、鶯が啼いてゐる。


ひとびとはふるさとを忘れてゐるのか
否、はげしく復歸を渇望してゐる。
大陸に戰車が疾馳し、
荒鷲は南海になだれ打ち、
この霧が霽れあがらなくとも
私にはよく解つてゐることなのだが、
もどかしく、


言葉は迂回してそれに近づかれない。
古い人間の搖籃にあつたと同じく、
かつての私の日であつた歌。
雲のやうに懐かしく、
かくれたるものを日の中に霽らし、
時に血のごとく、火のごとく、
又波のひき際に似た靜けさで、
いつでも歳月を不在にし、
若々しい精神を表現する、
鶯、
ああ鶯、
鶯が啼いてゐる。

油と火に

眞黑となつて兵士は戰塵をあげてゐる。

民族のかをすを覗き、

耐えられぬまでに高められた獻身の決意が、

あらゆる對立を破り、


創造の泉として在る民族の血へ、

今、大いなる氣力となつて殺到してゐるのだ。

この哀しい歸鄕は、

醜い戰術を匿してゐるのではない。

たゞのますらを振りではない。

もののあはれでもない、

純一無垢、

悲劇の精神を根とした開花の何といふ美くしさ！

極みなく、はかなく、

ほこりかに空氣を充たし、

ああ、鶯が啼いてゐる。

徴兵の詩　幼年

金鍾漢

ひるさがり、

とある大門の外で、そこの坊やが

グライダアを飛ばしてゐた

それが五月の八日であることも

この半島に、徴兵が布かれた日であることも

識らないらしかつた、ひたすら坊やは

エルロンの糸を捲いてゐた


　　☆


やがて、十年が流れるだらう

すると、彼は戦闘機に乗組むにちがひない

空のきざはしを ―― 坊やは

ゆんべの夢の中で昇つていつた

繪本で見たよりも美しかつたので

あんまり高く飛びすぎたので

青空のなかで寝小便した

☆

ひるさがり、

とある大門の外で、ひとりの詩人が

坊やのグライダアを眺めてゐた

それが五月の八日であり

この半島に、徴兵の布かれた日だつたので

彼は笑ふことが出來なかつた

グライダアは、彼の眼鏡を嘲つて

光にぬれて、青瓦の屋根を越えて行つた

徴兵の詩　あつき手を擧ぐ

中野鈴子

都會、町、部落、

何處にも

朝鮮の人たち滿ち溢れ

働き　たゝかひ

生活を打立て


話す言葉　國語正しく

われら朝夕

親密濃く深まりつゝ


出征、入營を送る折々には

先んじて旗振り、萬歲を叫ぶ

朝鮮の人たち


朝鮮の人等

手に力こもり、唇は叫びつゝ


心の底に撤し得ぬものがあるならん


1942.7

常にわれかく思ひ　心沈みし


今

朝鮮に徴兵制布かる


こゝろ新たに

あつき手を擧ぐ




「국민문학」 수록 시 1(1941.11~1943.9)

徴兵の詩　鯉

李庸海


鯉たちは　默してゐた

夕ぐれ

うすやみの　いでゆの靜謐のなか


生溫い　かぜが木々をめぐり

雨あとの地に

ひら　ひら

白い萢は　すはれていつた


みづ面にひかれた　わたしの影は黑く

手にした紙片の　特號活字が

無數の光となつて　よみがへり

まつかな空へ放射していつた

──朝鮮同胞に徴兵令


鯉たちは　うごき出した

尾をはたき　鰭うちふつて泳いでいつた

新しい郷愁へ




1942.7　　　　　　　　　　　　　　　　　　　　　

大きく　大きく　流れをつくつた

# 闖入者

杉本長夫

今宵　われめづらしく

ほのかなる春のほかげに

小さきものゝいのちを知れり


糸くづの風に舞ふごと

季節とともにかへり來し

あるかなきかの幼なきいのち


いついづこより訪なひて

吾が憩いの窓をくゞりて

吾が心のしゞまを驚かす者ぞ


切に烈しきさまの姿なし

あらゆる喜びに先がけし

あやしき夜の歌に舞ふ

あるやなしやの蛾の生命

避け難く　慰め難き

宿命の言葉ぞかよふ

右　左　高く低く

いとあわき春のほかげに

醉ひはてゝひとり舞ひ舞ふ

小さきものゝいのちなりけり



『국민문학』 수록 시 1(1941.11~1943.9)

# 笛について

麥滋


笛を吹くと

夕暮が　一つづつ

風船玉のやうに　飛んで行つた


寂しい町の空に

悲しい屋根の上に

故里色の羽翅（はね）を殘して　飛んで行つた


それは

蝶の樣な　甘い花粉を散らし

それは

海の樣な　遠い響きを傳へた


――少年は　笛を收めて

胸一ぱい　母の乳房を吸ひ込んで

海の方へ　海の方へと

石榴の樣な　町へ歸つた――

# くもと空

則武三雄

毎日見てゐる夕暮である

空には同じくもであり

同じ山並　一本の木立が

遠くに見える

ただ一人の白衣の人が立つてゐる

が十日許り降らなかつた雨の降つた後は

なんと大氣の身に沁みることだらう

實に青いさやを附けた莢豌豆

向日葵の様に大きく見える春菊の黄

それが四邊を拂つてゐる

露を留めてゐる

土の褐色の色も匂はしい位だ

すべてがしつとりとしてゐる

風が吹く

僕の生をぬぐつてゆくやうに

しつとりとした前庭だ

十四圓の家賃であり

孔德町の泥坂の上にあるのに

花が散つて逝つた後のらいらつくがあり

五尺も枝をのばしてゐる蔓ばらもある

子供を携へて出た隣家の主婦もゐる

二十二歳の人

健康な農家の娘であつたことがまだその擧措に殘つてゐる人だ

此の生活

今この地にあつて三十歳の我が生活の中に

この數年の生活の中にあるもの

この夕方　僕はなにかに感謝してゐる

雀が啼く

ちゆくちゆくちゆくちゆく

洗濯したての樣な聲

石鹼の匂ひがする樣な

崖下では子供がぶらんこしてゐる

なにか話してゐる

あくびしてゐる

しづかに跳躍してゐる

これは神のやうな清明であり

天使の樣なすがすがしさだ

此の樣に天の下に一人立つてゐたやうに感じたこともなく

靜謐に包まれて在るを

感じ取つたこともない

すべてが僕を神にする

僕はこんなに良い人になつて良いのだらうか

我家の萵苣よ春菊よ朝鮮白菜よ茄子よ

心やさしい緑の莢豌豆は

つやつやした五粒の果が透いてゐる

風が吹く

空がゆれてゐる

柿の葉が揺れてゐる

まだ明るい空にどこかに歸つてゆく二羽の鳥よ

もう夜になるのだらう

きみたちは夕づつを呼びにゆくのか

# ゴムの歌

朱永渉


眞晝の机の上に

南洋から來たといふ

ゴムの樹が一本立つてゐる

小刀で刻むとゴム液が流れるといふ

未だ青い幹と

大きな楕圓形の葉が鈴蘭のやうに並んで

遠い夢を　呼んでゐる


眞晝の狹い街角で

子供たちが遊んでゐる

南洋から贈つて來た

ゴムマリを力一ツぱい投げて ――

赫い土に跳躍する　ゴムマリよ

碧い空を飛翔する　ゴムマリよ

南洋の眞白い　傳説よ

天を翔けよ

高く高く

東洋の若く深い　蒼空を ――

白い壁一ツぱいに擴がる

太平洋の波

馬來産れのゴムの樹の緑の葉ツぱが

熱風を　ゆすぶる

スコールを　呼び招く

南洋航路の事務室の午後

窓の外を流れる　白い雲は

今日も　晴天である

# 出生讃

渡邊克己

さんらんと　よろづの花びら

さんらんと　舞ひ

日輪は昇る

ひかりはそゝぐ


ああ五彩のテープが

みだれる　とぶ

この時　この世界を

五彩にうづむる


妙<sup></sup>なる音<sup></sup>　妙なる聲<sup></sup>

この世ならぬ　みづうみの

うららなる　さゞなみのごと

耳はふるふ　心はふるふ

あめつちの　神々の


かなづる樂の音

唄ふよろこび

あめつちを限りなく

今こそつゝめり


あな　一つのいのち

こよなき　この時　この瞬間

生れたり　生れたり

一つのいのち　生れたり

日輪はのぼる

ひかりはそゝぐ

よろづの花　散りしくこの時

一つのいのち　わが腕に　生れ出でたり

# ふるさとにて

城山昌樹

水車ひねもすめぐる

ふるさとの小川のほとり

裸なるわらべらつどひ

たわむれに日暮れもわすれ

たのしげにさゞめき合へり

なにもせでかゝるゆふべを

われはまた河原をあるき

水車めぐれる小屋の

水車めぐれるかげに

くれなゐにひともと咲きし

撫子の笑めるを見つけ

ひそかにも君をおもへり

遠き日の遠きわがかげ

遠き日の 君がおもかげ

むねぬちにいまよみがへり

水車めぐれる音も

水車の音にはあらず

われもまたわれにはあらず

1942.10

たまゆらはしゞまに浸り

暮るる日に身をばまかせり

# 登山者

尼ケ崎豊


人寰　遠く隔てたるところ

雪白の峻峰目指して邁く

それは三人の登山者であつた


押へ難き憧憬に心馳られつつ

傳説の禁斷を却け

恐怖を打超え

一歩々々と辿る

靜寂の境


意識せざる美しき倫理は

三人の體を

一條のザイルに繫ぎ合ひ

氷を碎き

岩を穿ち

ひたすらに高きを求めて攀ぢゆく

見よ

その瞳に崇き光盈ち


1942.10

その胸に高邁の気漲る


噫　ここにいま

一切の俗塵を去り

莊かなる自然の懐に歸らうとする

三人の登山者よ

軈て　おんみらの努力は

峰々から妖しき魔者の幻を消し

深き淵々からは傳說の恐龍の影を斷つであらう

# 秋の囁き

金村龍濟

神農のとびらが靜かに開かれて

十月の風がさやかに秋の聲を告げると

空高く流れる雲の光が

地上の黄金の暦に驚いて雁を呼んだ

牧場の馬が木魂をさせて尾を振ると

山鳥の末つ子があわてて巣立つて行つた


わが秋を収める樂しきなりはひに

氣の勇んだ男たちがたかだかと語らひながら

手足を洗ふ夕陽のほとりに

食ひ足りぬ利鎌がぴかぴか光つてゐた

蟲の樂隊がすずしく鳴つてゐた

野菊の花がほのかに月を待つてゐた


嫁行く前の娘たちの瞳には

まるまる肥えた大根の白さも

ぴちぴち跳ねる魚のはだかも可笑しかつた

うひ産を競ふ若妻たちの帯の間には

まるで兵隊さんの勳章のやうに

その日のしめ縄を目出度くかざるため

粒えりの赤い唐辛がそつと隱されてゐよう

ころころと笑ひがこぼれては

ひそひそと噂の波紋が描かれて行つた


また吉日の夜ともなれば

新穀の餅をささやかにふるまふ

古きならはしの「安宅」のまつりごとにも

先づ皇軍の武運長久を祈る老婆たちよ

ひえびえと澄んだ淨水の器には星たちが宿つてゐた

ほのぼのと溫い部屋では坊やたちが眠つてゐた


叺織る長き夜の縱縄に

なつかしき夜話の穗がつがれて行つた

古風な軍記の讀み本になぞらへて

我が子らの軍門に立つ日がもどかしかつた

若者に讓らぬ老人たちの針なみは

貯水池の眞鯉をすくふのだと網を編んでゐた


今晩も區長さんの家の大廳では

なごやかに常會が開かれて

この冬の戰ひがかれこれ計畫されてゐた



「국민문학」 수록 시 1 (1941.11 ~ 1943.9)

影繪のやうに默つてゐた庭木の上で

「おれはもつと甘く熟れるため

きびしい霜が浴びたいのだよ」……

月のやうに圓い柿の實が

柿のやうに黄色い月と囁いてゐた

（亞細亞詩集第五十七篇）

1942.11

# 池田助市挽歌並返歌

川端周三

野づらのひかりうなばらなし

ちりひぢの身もかがやく大いなる日に

名をし立つべきわかびとの

かひなくみまかりてはやもひととせ

くらき昏睡のうちにとだえしきみが寝息に

みはてざりしゆめのみかゞやき

ときじくやすいしありや

ぬれつばめの軒になきかひ

めわらべが手花火まさをく消ゆる

袂雞なく夜の魂まつり

みづぐものかげそらに浮きいで

かなしみにくずるるかぜあり

かなしみにたふすべ知らねば

ときのいろむなしく過ぐるなつ花の

しろきをむしり歯にかめば

なぐまぬこころのかげか

とのぐもるむらやまをこえ

おともなきいなづま疾しる



『국민문학』 수록 시 1(1941.11～1943.9)

返歌

迎火の燃えおつ闇に雨にほふ

# 決意の言葉

大東亞戰爭一周年を迎へて

寺本喜一

さつと冷水を浴びる

ぱんぱんと拍手

日本の家の朝は拍手から初まる

拍手はりんりんとして朝もやを破る

拍手は世界を叱咤する日本の聲だ

十二月八日以來柏手は私の心の號令となつた

世界中が私の二つの手の中に入つて

發止とばかりにくだけてしまふのだ

靖國の神々よ願はくは照覧したまへ

今日もきつと命がけでやります

默禱の號笛がなり出した

車も人もはつとして立ちどまつた

日本の家の正午は默禱の中にある

あゝ日本の默禱が全世界にぐんぐんひゞきわたる

私の心は茫として大いなる日本についてゆく

アリューシヤン・マダガスカル　大西洋

あゝ日本の默禱は全世界の騒音を粉砕した

私の心は深遠なる海洋の底に沈んでゆく

眞珠港　シドニの港　ソロモンの海に
默禱の號笛はなりおはつた
あゝ私の心は冴々として幼子の如くなる
後半日もきつと命がけでやらう

# 意決
大東亞戰爭一周年を迎へて

杉本長夫


ながい師走の夜をついて

東天が希望の日輪をかゝげた

昭和十六年の日は八日

ひとびとがをさへがたい感情と責任に

をもはず襟を正した大みことのり

この日よりあの街角にこの道に

人目をうばひ去つた大戰果

わが皇軍のゆくところ

秋の落葉のやうに散り伏せし敵

かれらの道と

われらの道を

この一歳の月日が雄辯に物語つた

たとへ氷のやうにきびしい苦難が

われわれの行方をふたごうと

火のやうに盛んな邪惡が

われわれの視野を焦さうと

この高い理想と榮光の軌道を侵しえない

われわれの目ざした最後のものを



「국민문학」 수록 시 1(1941.11~1943.9)

かちえるひまで

この一歳に世界の知つた

堅く忍んで貫ぬいた

すめらみたみのちからを示顯<ruby>さう</ruby>

# 待機
再來・十二月八日

金鐘漢


雪がちらついてゐる

しんみりしづかに　雪がちらついてゐる

そのなかを　ききとして　きみたちは

いもうとよ　またいとこよ　おとうとよ

まなびやへと急いでゐる

ながいながい　昌慶苑の石垣づたひ

雪がちらついてゐる


しんみりしづかに

雪がちらついてゐる　ちらついてゐる

おとうとよ　またいとこよ　いもうとよ

それはふりかかる　きみたちのかたに

たわわな髪の毛に　ひひとして　やぶれ帽子のうへに

十ねんわかくなつて　わたくしも

きみたちと　足なみをそろへてゐる

雪がちらついてゐる


たしか　きよねんの十二月八日にも



「국민문학」 수록 시 1(1941.11~1943.9)

雪がちらついてゐた　あれから一年

たたかひはパノラマのやうに

みんなみの海へひろげられていつた

そしてきみたちは　ごはんのおいしさをおそはつた

またいとこよ　いもうとよ　おとうとよ

きみたちのうへに　雪がちらついてゐる


雪がちらついてゐる

ながいながい　昌慶苑の石垣づたひ

かくも季節のきびしさにすなほな　きみたちに

あへてなにをか　いふべき言葉があらう

雪がちらついてゐる　しんみりしづかに

いもうとよ　またいとこよ　おとうとよ

雪がちらついてゐる　きみたちの成長のうへに

ひひとして　雪がちらついてゐる

1942.12

# 曇徴

佐藤清

四方には花崗石を張りつめ、

鑿つぶしにそれを滑らかにして、

ぢかに四神の圖がかいてある。

仰げば、天井には、山そびえ、雲かけり、

天人むらがり、神仙遊び、

蓮華みだれ、鳳凰つばさを張つて、

奇怪な動物を招いてゐる。


平壤から十里を走り、

荒地のなかに車をとめて、

江西邑の古墳を見た夜、

私は鎭南浦のさびしい旅館で、

遠い法隆寺の本尊の光背のことや、

玉蟲厨子の密陀繪のことを思つたのであらう、

それらの繪が、あの古墳の天井の

雲の形や、忍冬や、唐草模様とまざり合つて、

花やかな一夜の夢を私に編んでくれた。

目がさめても、平壤と、奈良や、飛鳥が



『국민문학』 수록 시 1(1941.11~1943.9)

面影に立つやうに思へたが(不思議なことよ)

幼少の時きゝ覺えた名が

記憶の奥からほつかり浮んで來たのであつた。

――曇徴！　高麗の僧、曇徴！


――嬰陽王二十一年、

今渡航の準備を終へた曇徴は

つよい要請に壓倒され、

荒い光にうねりを打つて、

さかまく海を見つめてゐる。

海のかなたの大和の國、海よりも

はげしい、その、文化への要望――

――十三年前新羅は鵲二羽、孔雀二羽を献じ、

――十一年前、百濟は、駱駝一頭、驢馬一頭、羊二頭、白雉一羽を献じ、

――八年前、百濟は、暦年、天文地理、遁甲方術書を献じ、

――五年前、高麗は鑄佛のため黄金三百兩を献じたが、

更に、どんな文物、どんな書冊が求められ、

どんな佛師、繪師、博士、高僧が求められたであらう、

その熾烈な情熱は實に驚歎に價する。

(かしこには偉大な指導者、聖太子がおはすのだ)

私も其の熱意に動かされ、

協力を誓つて行かうとするのだ。

(おゝ、學藝こそは眞に魂と魂を結びつけるものだ)

私も、五經を讀むだけが能ではない、

繪具を作り、紙を作り、墨作る術に長けてゐる、

繪筆も持てぬわけではない。

隋から、新羅から、百濟から、

雲の如く集まる藝匠たちと共に、

かしこに起らうとする新しい學藝のために、

身を棄てゝ一臂を添へる光榮を思へ。

印度、支那、朝鮮の手を經て、

傳へられた佛像、畫像の如く、

すべての學藝はかしこで醇化されるだらう、

名は殘らぬとしても、

萬古に生きる創作がかしこに殘るだらう、

そして眞に新しい東洋の光となつて、

再び我々のあひだに放射されるだらう、

(藝術に於ては、千年も一刻だ、一刻も千年だ)

おゝ、大いなる聲がきこえる、

偉大な藝術が私を招いてゐる、

私は行く！


註：日本百科大辭典。歸化僧、モト高麗ノ人ニシテ推古天皇十八年六月高麗王ヨリ法定ト共ニ貢ガレテ來朝ス ── 五經に通ジ繪畫ヲヨクシ紙、墨、彩色及ビ碾磑ヲ造レリト。ソノ他ノ事蹟正史ニ見エズ、大和法隆寺ノ寺傳ニテハ其寺ノ金堂ノ壁畫ハ彼ノ畫ク所トイフ。果シテ然ルヤ否ヤヲ知ラズ(赤堀)

# 日月回歸

安部一郎

　むかし、延鳥郎と細鳥女の夫婦は巖に乗つて海をこえ、日本にわたつた。延鳥郎は日の男神細鳥女は月の女神であつた。それから朝鮮の山川は日暈あはく、月の清光もなく、闇になり、世の中は亂れに亂れた。あれから幾千年、朝鮮は闇の中にそれでも蠢いて生きてゐた。墓壟（さんそ）を廻る春夏秋冬の明け暮れとてない單一の窄め垂れた灰色の霧の中、安逸の烟は長い煙管となり人々の指を黄色くし、また陰旋な歌聲は荒寥とした赫土色の樹の無い山々を廻る水音と、長鼓（ちやんご）の哀音に妙に和諧し、その昔、天官妓女への想慕を斷つた男の刃は、何時までも馬を斬ることなく、幾千萬日の時が流れた…。

　日月の眞像は眞赫（まそほ）にも色あきらけく、東から再び朝鮮に歸つてきた。幾千年、東に歩いてゐた神々の手よ足よ！　人々曉に目覺め、月に思ひ、自由のまた無智のそれに懶惰の馬を斬り、こゝに、延鳥郎と細鳥女の生める子々孫々ら、手を取り合ひ、この國原に日の御民と今、漁り樵り土に生きてゐる。

　日月の神よ。神代より日本に在しまし齋きまつゝた天照すの大神は異國の神ではない、だがこの慶州の傳說に、いみじくも語り遺した神々は、わが宗祖神（そうそみかみ）の神々の中に坐し、既にいま歸一し奉つてゐる。

　いま、滿州もシベリヤも支那も印度も泰國も、また七つの海に岸洗ふ國のすべてに、日月の神々は歩いてゆく。荒魂から和魂と、光被洽く照り映えて、旭光の醜の軍艦の旗のごと、七つの海の波濤をこえ東から日月の神々は進み歩いてゆく。

# 若き師の歌へる

柳虔次郎

みほとけに　あらねど

おもほへば　ふしぎなるかな

はげしかるおほいなるこのときよに

このつちに

うまれあひて　われときみら

師とよばれ　弟子といふ

あたらしき　あすをあふぎて

ともにおき　ともにきたふる

そも　いかなるえにしにてはありし

あはれ

いつしんに　ひのまるかきゐるか　おかつぱ

あはれ

いつしんに　ひかうきこさへゐるか　パヂ

# 秋のしあはせ

柳虔次郎

ききやういろの

ふかくのみすみわたりゆく大空の下

ささやかなれど

かうしてことしも　つつがなく

生きてゐることを　しあはせにおもふ

わづかづつの

麥と大根ではあれ

あさゆふかかさず

いただけることを　しあはせにおもふ

どこへもゆかず

ふるさとにゐて

どつかりとゐて

しみじみと　のぢぎくなど

みらるるのを　しあはせにおもふ

稲の穂波　みのりわたり



「국민문학」 수록 시 1(1941.11~1943.9)

みいくさは　勝ちすすむばかりだといふ

軒ごとにひのまるの立つ

銃後の秋

につぽんの秋に

かうして置物のやうに端然と坐つてゐることを

しあはせにおもふ

1943.2

# ある讀書兵

一色豪

彼は曾て大學の文科の學生だつたことがあつた

彼の會話にはインドゲルマニヤ語系の何れかの言葉が交るのを常とした

彼は石鹸の匂ひのする清潔な文化の中にゐた

一時左傾もしたが多くはマンチエスターの商人流儀の思想に影響された


支那事變が始まると間もなく

紅顏の彼は輸送列車の中でサイダーを飲んだりしてゐた


それからひどいいくさが續いた

彼の鳥籠の様な骨格は幾度か音を立てた

そのうちに少しづつ勁くもなつた

前齒が麥酒の栓拔の代りになる様な百姓兵隊と幾度か鐵砲を撃つたり泥河を渡つたりした


少しいくさが閑になつた

彼は出征後六ヶ月目の或晩

一晩寐なかつた　夜明けに涙を流した

彼はこの時日本の政治的運命をはつきり見出した

彼はこの時マンチエスターの商人流儀の思想に別れを告げた

彼は愉快だつた


彼は岩波文庫の入つた風呂敷包をあたかも

出替の女中の樣に下げながら駐屯地を移動した

支那家屋の冷えた煉瓦の上で

彼は本を読んだ　そして水筒の水をゴクリと飲むのであつた


彼は知識を愛した

恐らく地球上の何時の時代の青年にも劣らず書物を愛した

彼はいくさも仲々巧者になつた

そして生命を惜まぬことは戦國の武士を思はせた


或日のいくさに彼はとうとう死んだ

或る部落の傍の小流の水際で顔を半分水につけたまゝ


ぼくはその兵隊を知つてゐる

そしてこの詩を讀んだ人の中にはぼくもそれによく似た兵隊を知つ
てゐるといふ人が可成ゐるかも知れない


願はくは天下の讀書人諸卿よ

何時の日か靖國神社の社前に立たれる時

岩波文庫の入つた風呂敷包を持つて戰つて廻つた

無名の讀書兵に想を致されんことを



「국민문학」 수록 시 1(1941.11~1943.9)

# 征ける友に

芝田河千

君は征つた

赤いたすきをかけ

歡びの嵐とともに

雄々しく

何一つ措かないで

君の全身で召されて

み國に送られ

み國に向ひ

死とともに生きる偉大な嚴肅さの

戰ひの野へ

しつかりとした足取で

濶歩して征つた


君は　もう

銃の先に

劍の先に

み國の姿を見つめるだらう

み國は時を迎へ

君を包み

君はその中へ擴つて行くだらう

そして　カツカツと

朝に

夕に

君の軍靴の音が

君を突拔けて

何處までも、何處までも

世界の涯までも

響いて行くだらう


僕は見る

すべてが皆やすんでゐる

深い眠りの中にも

きびしく光る君の眼と

數へきれない同じ眼とが

日本國中一ぱいになつて

この夜を

この國を

み守つて

支へて行くのを僕は見る

# 富士山に寄す

楊明文

あなたの聖なることが

あなたの頂きを歩いて

いま　わかりました


甞て多くの詩人にうたわれしあなた

日本一と謡はれた富士あなた

霧を孕んだ噴火口を天に向つてあけ

天に向つて何をか宣言する姿


富士よ

あなたの崇嚴を私は發見する

あなたの中腹以下をざわめく雷

遙か遠く低くたなびく入道雲

之らを見おろすあなたの聖姿

いま私はこの自然を　超越を

發見する、體驗する


あなたには超越がある

富士山に寄す

1943.2

あなたには象徴がある


刻々に變るあなたの姿
嗟呼！たゞ偉大なる超越なるあなた
いま私はあなたを感ずる


この敷島に
富士よ　もしあなたがゐなかつたら
われら　あなたのかわりに
何をほこるだらうか


あなたは常に偉宏です
そしてあなたをもつわれら
恒にあなたのようでありたい


群また群
列また列をなし
三七七六米の高きあなたの頂きに
訪れる　善男善女の群


遠き代々より流れし血潮を躍らせ乍ら
あなたをそしてあなたの靈氣に觸れるため


　　　　　　　

太平洋を見守るあなた

あなたは強く、美しく、正しい

私はいまそれをここで悟る


富士よ

とはにその姿を來る世々に傳へよ

そして、あなたの背中に殘されたわれらの跡に

次の代々の子孫を歩かせよ


いま私はあなたの額を去り

都に降りるに際し

この詩をあなたに捧げる


1943.2

# 潮滿つる海にて

川端周三

とほくはるかなものが

なつかしみを誘なふやうに

くらげなし漂よふ海から

舞ひあがる鷗千羽

わたしの詩章やむだな彷徨

一度はすてゝかへりみなかつた

それらのものが

雲に染み

海鳥の白の羽音たくましく

わたしへ戻つてくるのだ

豊富な時間の奥から

うたひ熄むときない

若い民族のみなもとから

還つてくるものの何といふ根強さ

風のやうに上すべりせず

樹々のやうにわめかず

われわれの一念を

億年の色と重みの底に秘め

おほらかにうねりを打ちながら

音もなく滿ちてくる潮

いつかの夜

霏々と降り積む粉雪の中に解きなやんだ

はげしい沈默の意味

ああそのこころを

白晝、あをみどろの潮のうねりが

はつきりとわたしに示すのだ

# 南進譜
菅沼貞風を想ひて

杉本長夫


平戸の空は晴れわたり

白狐山の城の趾

薊の花が潮風をよび

潮風に凧はひかれて

夢ふかき碧空（そら）に心ひかれて

ひようひようと糸は鳴り

雷ヶ瀬の波頭さかまく

はろばろ遠き凧の狐影に

少年のつぶらなる瞳は燃えて

はげしくその行方を追ひ

たそがれる空の奥の

ひとしらぬ未來を求め

少年は希望の歌に酔ふた


その日は流れて幾年か

彼は萬人の道を捨てゝ

決然と孤獨のきりぎしに立つた

一つぶの生命は




『국민문학』 수록 시 1(1941.11～1943.9)

蒼海の潮を超えて

あたらしき彼岸にいたらんとする

この猛けき狐影の跡をみまもるもの

彼のまとふ榮光を不滅にきざむもの

信念が熱情の翼をつけて

萬里の涯をのぞんだ


その日

かれの雄圖を送るヨコハマの港は

白銀の霖雨にゆれて

解纜をつげる銅羅のひゞきが

決意のごとく波にひろがると

フランス船はをもむろに

祖國の岸壁をはなれた

長い忍苦と思念のあとに

フイリツピン行を決した貞風

しかも同行の日南は彼の理解者

いまこそ最後の瞳にうつる祖國の姿

なつかしい白壁の家々

古風な赤煉瓦の商舘

古い柳のたゞずまひ

相より相想ひ彼を見送る森の木立

霖雨は晴れてきた

新しい雲が水平線に群れてゐた

汽笛が鄕愁のやうに

人々の聲を求めた

うすれゆく山河をあとに

巍然たる貞風の姿

吾等のかぎりなきあこがれを

熱情で描いた先驅者

あゝ袂別の悲愴なひとゝきを

このひとゝきに籠る英傑の心情を

私はいまひしと抱きしめてみる




『국민문학』 수록 시 1(1941.11~1943.9)

# 帝國海軍

佐藤淸

沈勇、果敢、鐵の意欲が

精密機械よりも精密な腦髓を包んで、

我等の偉大なる海軍は行く。

長い、長い沈默を破り、

三千年の國力を傾けて、

今こそ我等の海軍は行く。

北はアリユーシヤン、

南はガダルカナル、

西はマダガスカル、

東はサンフランシスコに迫つた。

精密、剛膽、堅忍、果敢、

一億絶對の信賴を負うて、

我等の偉大なる海軍は行く。

眞珠灣頭、特別攻擊隊、

凄絶！レンネル沖、ルンガ沖海戰、

（斷じて行くものは鬼神も避く）

我等の偉大なる海軍は絶對である。

辻詩 海

あの日から

海は私たちのものとなつた

私たちは海のものとなつた

路を歩いてゐても

新緑の梢に潮騒を見た

味噌汁を吸つてゐても

そのなかに海鳴りを聴いた

あの日から　この半島に

海軍特別志願兵制の決つた

あの日から

海は私たちのものとなつた

# 朝鮮半島

井上康文

嶮はしく　奥深き山

圓（まぎ）らかに脈々と續く丘

滿々たる水を湛える河江

廣漠たる畑と水田

縱斷する綠の大堤防


連翹、櫻、桃、ライラツク

杏、李、躑躅、梨、

萬朶の花の咲きさかる

朝鮮半島


既にして大陸の風貌ここにあり

そこに生くるものすべて、また

大いなる戰ひの中にあり

隆々たるは山岳、畑のみにあらず

戰鬪帽の青年の腕と胸に

逞ましき戰力漲り

英氣滿てり

植林の松は若けれど

山は富み

赤土の畑は豊饒

収穫の大量はあげて

戰線に補給するといふ

兵站基地


この器、魚雷になると

長き生活の習はしに用ひたる

祖先傳來の眞鑄の器具を献納し

國民の誠を至す烈々の氣

徴兵制施かれて

神兵となる日を待つ男子

ああ、ここにあり

大兵力、大民力

朝鮮半島

いま萬朶の花咲きさかる



「국민문학」 수록 시 1 (1941.11~1943.9)

# 漢江

則武三雄

春の水淺きにせきれいなどむれとべり

やはらかき岸邊に臥せば草靑く

山もまた春日に霧らひ

浚渫船は動くともなし

わが心もまた白雲の如く彼方に渉らんとし

春の波はせきれいをあやしみて搏つ


戰さにゆきしわが友は

ここだく消息なし

また一人の友は既に故し

嘆くとにはあらねど

志　日に深ければ忘らへず

沙洲の色　水淺きに波搏てど

去歳の日は掬ひがたけれ

水鳥に

わが心もまた充たされて歸らんとす

日ざしあたたかき野邊をつたひて

春の風にかなしみはぬぐはれ

# 迎春歌

柳虔次郎

ひもじいほどにも

あをあをとはれあがつたよ　咸鏡のそら

冠帽のとほやまなみの　ゆきひかるさむさかそかさ

かはらがはらに　かささぎもなきさやぐ　からひとよ

なきぬれたそのおもてをあげよ

いかばかりくらくつめたくあつたらうと

いまは　病みなやんだきせつのことはいふまいぞ

むねのいたみのよみがへるひは

さうさうと　のづらのかぜにふかれて

すずならし　すずふりならし

ごらんよ　あの國道すぢを

うしぐるまたち　みんなみへむかふを

さあ　たつて

たつてうたはうよ　たのしかるべきあすのうたばかりを


ほつかりと　くものうきいで

はちどうに　春はいよいよ

# 家族頌歌

趙宇植

掌に霜の朝が來て

屋根の上を　きつい歳月のしわが流れ


ぬくまれた粟飯の膳に

おほらかな族のちかひは結び

蝶々のやうな娘たちのはしやぎは乾れない

神棚の聖火はとこしへに營まれ

防人の育ちは　朗々と芽たつ


愛する族よ　ぎつと握つた掌のぬくみが

やがては　おん身らのすべてをぬくますとき

榮えあるやまとの幽邃な神歌は

君らが骨肉をすき　咽をだるませて言語となり


樂しい朝のお膳を實らせて

ふくよかな花とにほふ

夜ともなれば

掌の霜は　嚴かに燦くであらう


1943.6

# 飛行詩

朱永爕

空は　限なく擴がつてゐた

空は　飽くまで續いてゐた

少年は丘に寐ころんで口笛を吹いた

クロバーの白い花に蜜蜂がブンブン唸つてゐた


曙の空は紫色にねむつてゐた

積亂雲を衝いて

少年航空兵の胸は躍つた

海原の一角に太陽が輝く瞬間

密雲の隙間から眞珠灣が開けて來た

少年はトンボのやうに飛んで行つた


村は春霞みて

圓舞する飛行機の爆音の中で

杏の花が雲のやうに咲いてゐた

丘の上には

半島の少年が一人　空をみつめてゐた

# 海邊五章

城山昌樹

・沖の帆かけ船・

沖を帆かけ船がゆくね

白いあげ羽の蝶々のやうだね


・空と鷗と・

鷗がタオルとなつて

どんより曇つた穹をふいてゐる

もう霽れるんでせう


・ポンポン蒸気・

ポンポン蒸気がはしつてゐる

パイプのやうな煙突から

丸い煙の輪が吐き出される

まるで蟹が踊りながら

泡をふいてゐるやうだ


・海鳴り・

空と海とくつついて

一日中何を話し合つてゐるかしら？


・旅愁・

旅から歸つた家達のやうに

入江にとまつてゐる船達が

小波に搖られて

なつかしそうに

立つたま〻お話してゐる



「국민문학」 수록 시 1 (1941.11~1943.9)

辻詩 樹

詠人不知

うつとりと
一ぽんの樹が默してゐる。
おびただしいてのひらで
光の亂射を受けどめながら。

それがそのまま
戰ふにつぽんの姿勢であるやうな
一ぽんの木よ。絶對の生命の美しさを
あへて自任でもしてゐるやうに。

威壓されそうな炎天を指さして
一ぽんの樹が
うつとりと默してゐる。
夕立がくるのであらう。

辻詩 樹

# 海にそびえる

山部珉太郎

ひたひたと深い欲情の潮を湛え
いつも青年のやうに新しく
飛沫し　匂ひを放ち
不屈の岬角に激情し
愛情の入江にむつごとし
ひたひたとひた押しみなぎり
につぽんの胸をひたす

盛り上り漲り脹らむ海原の上に
につぽんがそびえてゐる
タスカロラ海溝一萬メートルの深淵に臨み胸つく急崖をそゝり立て
孤高の高さににつぽんが聳えてゐる

國土の精神がこの海の絶巓に歴程した
凡ての子供たちがこの絶巓を渡る海風に立ち
夢はいつも深淵の海溝を泳ぎ渡つた
今も祖先らの立つた岸に我等が立ち
そびえる日本の肩に立ち



『국민문학』 수록 시 1(1941.11~1943.9)

決意はるかに海の深淵を飛び越える


しきしまのやまとごゝろをひととはば

聴け　宿命よりも強くとこしへに

ひたひたと胸ひたす海を拔きそびえる精神の雄たけびを

# 靜かな軍港
鎭海にて

安部一郎


道が小さくつゞいてゐた　この汀の葦の生えた　その向ふに　ま晝から消えてゐた道が ── いまはまた　突然　身を躍らせて　海の中に消えてゐる


道が小さくつゞいてゐた　この汀の葦の根もとに　海の穴があり　馬蹄貝は　時折潮を吹き ──　海はいかにも碧かつた


道が小さくつゞいてゐた　灰白い月の光に　この汀の葦の生えた　その向ふの海に　水泡のやう　彈ぢ裂ける　神馬藻が　何時も　歴史を少年の夢に歌つてくれた


海路一萬五千餘里 ──

萬苦をしのび東洋へ　押せ來しロシア艦隊は　この葦の生えた　その向ふの海の　海底へ　偸生の歳月を過し　海はいかにも靜かだつた


道は一つ　海の中に消えてしまつた　この海の邊の明るい風光のなかに　艦船は靜かに動き　篏められた　額縁のなかから　軍艦旗を風になびかせて出ていくのである

　道が小さくつゞいてゐた　道は突然　大きな戰の中に　身を躍らせて
海の中に消え──　砲座もつた艦が　堂々と新しい榮光の歷史のなか
に　浮かび波を蹴つて出ていくのである

# 日本海周邊

川端周三

岡に佇つ城のやうに

霞や風を鳴らす竹藪も

さへずる小鳥や

月を呼ぶ蟲もゐない

こゞしい巖が根ふかく突つ立つ燈臺の孤癖　燈臺をめぐつて

ひかりさへその上を羽搏かず

時間もまだ進行をはじめぬ始源の

はげしい潮がながれてゐる

春秋幾萬年みだれうつ碧落や

底しれぬ風穴や…

日本海を狹しとは決して言はさぬ

とほく北鮮につらなる斷層は

アルミニユーム、鐵、石炭の

それら陽をみぬ火どろの布陣

また宗谷、津輕を經てつながる

今死闘のアリユーシヤン

この海にもきつと波の逆立つ

絶體のときがくるだらう



「국민문학」 수록 시 1(1941.11~1943.9)

大虚に刻みこむ程の萬歳を叫んで

假借なく撃つときがくるだらう

みづのこゝろを求めて生き

北邊の死守を誓ふわれわれにとつて

目前にひろごる大群靑こそ

身も魂も沈づめて悔いぬふかい塲所だ

## 辻詩 草莽

金鐘漢

苔むした藁の屋根には

おくれ毛のやうな雑草がのびてゐる

『子福者でしてね』

案内の區長が笑つた

『らいねんは三男も適齢ですよ』

ポプラが一ぽん庭さきで

うつとりと體をゆすつてゐる

からつぽの遺家族の家

『きつと野良へ出てゐるのでせう』

だれもゐない　だアれもゐない

土塀の上にねころんで

南瓜が三つ二つ留守番してゐる

慧慈

佐藤清

## 碧空淨土

太子薨去の飛報に

誓をこめた一年は過ぎた

あすは二月五日、滿願の日、

あかつきかけて、

私の靈は碧空淨土へ飛ぶであらう、

そして太子の歡喜と合體するであらう、

『³言ふは恐しけれど思ふことやみがたく

大妃・橘大郎女が、

維摩經の妙喜淨土をゑがき、

それを彩色し、刺繍して、

淨土の面影にあこがれたといふ、

今、わが世の最後に見える太子も、

その淨土にいます太子の尊影だ、

（淨土の空は、

---

3　‘『’ 부호가 사용되었으나 이어져야 할 ‘』’가 없다. 오식인지 의도적인지 판단하기 어려우므로 번역에서는 괄호로 처리하고 일본어 원문은 그대로 두었다.

1943.8

この澄みきつた空のやうに無窮であらう、）

私の脈が絶え、息が消えるとき、

私の靈は太子の靈に合體するであらう。



## 大和建通寺


太子の師とて、

（なつかしい大和建通寺よ、）

朝夕したしくおんそばに侍して、

學藝の奥に入ること二十年、

（だが、そのあひだに如何なる動亂が起り、

如何なる危機を通られたことか）

聰明はおん名の如く、

慈悲はおん聲の如く、

師といふさへ勿體ない此の身に、

たゞひとすぢに愛と敬をそゝぎたまふ。

東に向つて合掌してゐると、

いつも目にはあついものを感じたが ——

歸國七年の後、

今、此の悲報が、

千里の雲をつらぬいて來るとは!

## 宿命から天命へ

我々は一世紀間、

佛像、經典、黄金を送り、

畫工、陶工、建築師を送り、

博士、醫官を大和へ送つたが、

その報酬として我々は何を得たらうか、

我々が得たものは、

これらの一切にまさつて

はげしいもの、恐しい『愛』だ。

しかも時が流れるに随ひ、

愛と憎みがもつれ合ひ、

(そのなかに彼と我が浮沈しながら)

何ものも抵抗し得ない、

強い、大きい、宿命の流れとなるであらう、

(そして一千年過ぎてしまへば)　それが、

天命の海へ流れこんでしまふであらう、

(その時、好む、好まぬは、問題ではない、)

宿命は遂に天命に合致してしまふであらう。

——天命となつた宿命に逆らふものは、

到底生きることは出來ないのだ。

聖

二十年の生活が實證する、

感激性は共通の氣質らしい、

差異ははげしさの程度だけだ、

そしてそこに我々の美性がある。

海のやうに、壓倒する『愛』のなかで、

誰が死を恐れ、

誰が身命を惜まう、

五年前、

三十萬の隋の大軍を破つた我々だ、

（當時、俘虜、皷、笛、大弓、石はぢき、

其他を獻じた、うれしさよ、）

おのれを知るものゝためには、

匹夫も喜んで一身を棄てよう、

あす、太子のあとを追うて

この世を棄てる私を、

聖人と言ふは誰であるか。


鶉


待つて、待つて、待つてゐた、

遠い夜あけは近づき、

寒さは骨にくひ入るやうだ。

しかし吹きくるふあらしのなかに、

鶫のこゑがきこえる、

ぞくりと香油をぬられたやうに、

あたまが急にはつきりする、

氷をとかす光線のやうに、

鶫よ、もう一度鳴いてくれ、

夜はしらじらと明けて來た、

だが、もう鶫は鳴かない、

いくら待つても鶫は鳴かない、

淨土よ、おゝ、鶫よ。


『(推古天皇二十九年)…此時に當りて、高麗の僧、慧慈(多分平壤に歸國か)上宮皇太子(聖徳太子)薨じたまふと聞き、誓ひて曰く……今、太子既に薨じたまひぬ。我れ異國といへども、心は斷金に在り。我れひとり生けりとも、何の益かあらん。我れ來る年、二月五日(一説に二十二日)を以て必ず死なむ。因つて、太子に淨土に遇ひ奉りて、以て共に衆生を化せむ。ここに於て慧慈ちぎりし日に當りてうせぬ。こゝを以て、時の人、彼も是も言ふ。夫れ上宮太子の聖にましますのみに非ざりけり。慧慈も亦聖なり。』―日本書記卷第二十二。(カツコ内は筆者註)

『(推古天皇二十六年秋八月、高麗、使を遣して万物を貢す。因りて申さく、隋の煬帝三十萬の衆を興して我を攻む。却て我がために破られぬ。』―同上。

岩本善平

早朝母は人知れず

連拍手をし祈禱する


年老いたらば母に似て

長い祈禱に連拍手


されどこの子は詩にも似て

短い祈り二拍手を


いまはハツシと一念に

心とこゝろ燧石
（ひうちいし）


神前ともす信燈の

その明るさのつけどころ


草木も石も牛馬も

お國の役にみんな立つ

あらゆるものは武器となり

炎となつて敵を撃つ

1943.8

芝田河千

まづ發つて行きたまへ

解きほぐして迷ふことなく

手渡された下書をすて

素手でよい

若芽が地殻をつき破つて出るように

何よりもまづ發つて進みたまへ


そして、見ゆるこれらのものを

まともに視つめよ

何故だと問ひかへすことなく

決して君の手で繕はないで

一つ一つのそれが大いなるを

そのま丶の姿でうなづきたまへ


休むのでない

なほうなづきつ進みたまへ

そこで君の魂は

泉のごとく清くすみ、その中に



「국민문학」 수록 시 1(1941.11~1943.9)

衣裳あるものをその裸姿にて

限りなくなりつゝあるまゝに

とらへて包むだらう


日毎に新しさは加へられ

もの毎に創りつゝある嚴肅さに

懼れてはいけない

いかにはげしく身ぶるひすとも

出で行きて憩ひを願ふな

それは君自身の姿でもあるのだ


次々に覺めゆき

生くることに勝利あらしむるために

むごく嵐に全身をひたし

もつと強くなるのだ

そして一歩一歩が君自身の運びであれ

 たゝかひにしあれば

添谷武男


火を點ける事もおのづとかへりみて一本のマツチも思ひつつしむ

空を征く明日に焦がれて學徒らは休む日もなく飛行練習

喜雨至りつづきて雨の夜となればみ燈明捧げ神に謝するも

嘗てなき大きいくさにつはものと征くおん身らの羨しきろかも

前線は實なり銃後は根もとなりその根固めて撃ちてし止まむ




「국민문학」 수록 시 1(1941.11~1943.9)

# 燈臺

杉本長夫

燈臺はたつてゐる

堅い岩壁のうへに

晝も夜も

凪の日も風の日も

アメリカの岸邊から

押し寄せる激浪が

その足下で吠え狂ふ日も

風なごみ　なみをとも

音樂のやうに

星の夜を唄ひつゞける時も

燈臺は嚴然として

絶えざる靜視を海にをくる

冲ゆく船など

豪華船も小さな漁船も

汝の光(ひかり)をしるべとし

やすけき旅をたのしむだらう

甘美なる夢に酔ふことなく

廣大無邊の海洋に望んで

燈臺

ひたすらに正しく強く

しづかなる戰ひをつゞける者

黄昏のかなしき媚態や

いかづちのはげしき怒りも

汝の意志を極めえない

晝も夜も

凪の日も風の日も

おのづからあるべき處に

燈臺は嚴然とたつてゐる

# 蔓の生命

杉本長夫

赭いひからびた土を這つて

どこまでものびてゆく

のびやうとする

觸るゝものにまきつき

からみつきどこまでも

生命のかぎりのびやうとする

蔓のしたから根を下し

土に喰ひ込み大きな實をつけ

生命の泉をくみとる

花辯は立派で

夕ばえの色をうつしたやうで

憂ひを知らぬ

ちらと見たまゝ通るには

不可思議すぎる

夏の日の大地に立つて私は

この存在に手をつけかねる

蔓の生命

# 學文民團

부록

1942.2 이토異土

정지용鄭芝溶

낳아 자란 곳 어디거니
묻힐 데를 밀어 나가쟈

꿈에서 처럼 그립다 하랴
따로 진힌 고향이 미신이리

제비도 설산을 넘고
적도 직하에 병선이 이랑을 갈제

피였다 꽃처럼 지고 보면
물에도 무덤은 선다

탄환 찔리고 화약 싸아 한
충성과 피로 곻아진 흙에

싸홈은 이겨야만 법이요
씨를 뿌림은 오랜 믿음이라

기러기 한형제 높이 줄을 마추고

햇살에 일곱식구 호미날을 세우쟈

유치환柳致環

十二月의 北滿, 눈도 안오고

오직 萬物을 苛刻하는 黑龍江 말라빠진 바람에 헐벗은

이 적은 街城 네거리에

匪賊의 머리 두 개 높이 내걸려 있도다

그 검푸른 얼굴은 말라 少年같이 적고

반쯤 뜬 눈은

먼 寒天에 模糊히 저물은 朔北의 山河를 바라고 있도다

너어 죽어서 律의 處斷의 어떠함을 알었느뇨

이는 四惡이 아니라

秩序를 保全하려면 人命도 鷄狗와 같을수 있도다

惑은 너의 삶은 즉시

나의 죽엄의 威脅을 意味함이었으리니

힘으로써 힘을 除함은 또한

먼 原始에서 이어온 피의 法度로다

내 이 刻薄한 거리를 가며

다시금 生命의 險烈함과 그 決意를 깨닫노니

끝내 다스릴수 없던 無賴한 넋이여 冥目하라!

아아 이 不毛한 思辨의 風景우에

하늘이여 恩惠하여 눈이라도 함박 내리고 지고.

 # 길

이용악 李庸岳
『국민문학』 수록 시 1(1941.11~1943.9)

여듧 구멍 피리며 안즈랑 꽃병

동구란 밥상이며 상을 덮운 힌 보재기

안해가 남기고 간 모든것이 고냥 고대로

헤여지는 슬픔보다는

한때의 빛을 먹음어 차라리 휘휘로운데


새벽마다 뉘우치며 깨는것이 때론 외로워

술도 아닌 차도 아닌

뜨거운 백탕을 홀홀 마이며 참아 어질게 살어보리


안해가 우리의 첫 애길 업고

먼 길 돌아오면

내사 고흔 꿈 딸아 횃불 밝힐까

이 조그마한 방에 푸르른 난초랑 옴겨놓고


나라에 지극히 복된 기별이 있어 찬란한 밤마다

숫한 별 우러러 어찌야 즐거운 백성이 아니리


꽃닢 헤칠사록 깊어만지는 거울

호올로 차지하기엔 너무나 큰 거울을
언제나 똑바루 앞으로만 대하는것은
나의 웃음속에
우리 애기의 길이 티여있길래

여상현呂尙玄

우수수 꼬리를 떨면

여울물살 쏟아지는소리 무지개를 이루고

촤르르 꼬리를 펴면

佛祠, 印度의 華麗가 아린거린다

日曜日 散步를 나온 누으런 兵丁이 한명

이 조그마한 異彩를 한동안 노리고 있다.



「국민문학」 수록 시 1(1941.11~1943.9)

# 『국민문학』 수록 시작품 2(1943.10~1945.5)

## 차례

# 『국민문학』 수록 주요 시론



1942.3　　「一枝의 倫理 金鍾漢」

1942.4　　佐藤清, 「詩の誠實性について」
　　　　　杉本長夫, 「國民詩の方向について」
　　　　　金鍾漢, 「佐藤春夫先生へ」

1942.8　　金鍾漢, 「新しき史詩の創造」

1942.11　寺本喜一, 「(詩壇の一年)半島詩壇の創成」

1942.12　崔載瑞, 「詩人としての佐藤(清)先生－『碧靈集』の出版を機として」
　　　　　杉本長夫, 「詩誌『赭土』の頃など」

1943.2　　佐藤清・金村龍濟・寺本喜一・趙宇植・杉本長夫・崔載瑞・金鍾漢, 「(座談
　　　　　会)詩壇の根本問題」
　　　　　則武三雄, 「最近の諸作品」
　　　　　朱永涉, 「生きた言葉」
　　　　　平沼文甫, 「言葉の問題」
　　　　　川端周三, 「文語と口語」

1943.4　　平讓介, 「(詩壇時評)きらさぎ詩集を評す」

1943.8　　佐藤清, 「(新刊評)金鍾漢詩集『たらちねのうた』評」

1943.11　則武三雄, 「現代詩試論」
　　　　　朱永涉, 「詩の圓周」

1944.5      佐藤清,「文語詩か口語詩か」

1944.6      佐藤清,「口語詩の成立と其の意義」

1944.7      佐藤清,「口語詩の成立と其の意義」

1944.9      佐藤清,「川端周三の詩」

1944.10     中尾清,「詩壇への沙汰書」

1944.11     牧洋,「金鍾漢の人及作品」

1945.2      川端周三,「佐藤清氏と朝鮮詩壇」

**가미무라 슌페이** (上村俊平, Kamimura Shumpei)

일본 시가 현 출생, 한국외국어대학교에서 문학석사학위를 받았다. 현재 천리교 교회본부 해외부에서 근무하고 있다. 논문으로 「현민 유진오의 일본어 소설 연구」가 있다.

**가미야 미호** (神谷美穂, Kamiya Miho)

도쿄 도 출생, 한국외국어대학교에서 문학박사학위를 받았다. 현재 우송대학교 관광경영학과 교수로 재직하고 있다. 논문으로 「재조일본인 작가의 소설에 나타난 일제말기 일본 국민 창출 양상」, 「李石薰(牧洋)の作品に現れた叙情性」 등이 있고, 역서로『노부코』(공역), 『羅蕙錫の作品世界』(공역) 등이 있다.

**김은정** (金銀貞, Kim, Eunjeong)

서울 출생, 한국외국어대학교에서 문학박사학위를 받았다. 현재 한국외국어대학교 HK 세미오시스 연구센터 HK교수로 재직하고 있다. 저서로『사적 기록성과 미적 거리의 길항』이 있다.

**김지형** (金知兄, Kim, Jihyoung)

서울 출생, 한국외국어대학교에서 문학박사학위를 받았다. 현재 한국외국어대학교에 출강하고 있다. 논문으로 「'물논쟁'에 나타난 김남천의 자기반성적 실천 고찰」, 「『신문학사』와『한국문학사』의 동일성 소고」 등이 있고, 저서로『식민지 이성과 마르크스의 방법』이 있다.

**노지현** (魯智賢, Roh, Jihyun)

거제 출생, 한국외국어대학교 박사과정에 재학 중이며 숭실대학교 국제교육원 강사로 재직하고 있다. 논문으로 「한국어와 일본어의 상적 의미 대조 연구」가 있다.

**박지영** (朴智暎, Park, Jiyoung)

부산 출생, 한국외국어대학교에서 문학박사학위를 받았다. 현재 한국외국어대학교에서 강의하고 있다. 논문으로 「식민지 조선의 『만요슈』-두 개의 국민과 문학 전통의 교착」, 「동일본대진재와 단카-「아사히가단」의 육성의 기록」 등이 있고, 역서로 요사노 아키코의 단카집 『헝클어진 머리칼』이 있다.

**채호석** (蔡淏晳, Chae, Hoseok)

서울 출생, 서울대학교에서 문학박사학위를 받았다. 현재 한국외국어대학교 사범대학 한국어교육과 교수로 재직하고 있다. 저서로 『한국근대문학과 계몽의 서사』, 『(청소년을 위한) 한국현대문학사』, 『식민지 시대 문학의 지형도』 등이 있다.